गेंद और गोल

कहानी-संग्रह

गेंद और गोल

राधाकृष्ण

राधाकृष्ण प्रकाशन

ISBN : 978-81-8361-868-7

गेंद और गोल

पहला संस्करण : 1995
पहला राधाकृष्ण संस्करण : 2018

मूल्य : ₹295

प्रकाशक
राधाकृष्ण प्रकाशन प्राइवेट लिमिटेड
7/31, अंसारी मार्ग, दरियागंज, नई दिल्ली-110 002

शाखाएँ : अशोक राजपथ, साइंस कॉलेज के सामने, पटना-800 006
पहली मंज़िल, दरबारी बिल्डिंग, महात्मा गांधी मार्ग, इलाहाबाद-211 001
36 ए, शेक्सपियर सरणी, कोलकाता-700 017

वेबसाइट : www.radhakrishnaprakashan.com
ई-मेल : info@radhakrishnaprakashan.com

मुद्रक : बी.के. ऑफसेट
नवीन शाहदरा, दिल्ली-110 032

GAIND AUR GOAL
Stories by Radhakrishna

इतना ही कहना है

उन दिनों बंगला के सुप्रसिद्ध साहित्यकार सैयद मुजतबा अली पटना आकाशवाणी में स्टेशन डायरेक्टर थे। बड़े स्पष्ट ढंग से दो टूक बातें करते थे। भिन्न-भिन्न भाषाओं और साहित्य का ऐसा विद्वान् अब तक मेरी नजर से दूसरा नहीं गुजरा है। साहित्य के प्रचार-प्रसार के सम्बन्ध में भी उनकी कुछ मान्यताएँ थीं। वे कहा करते थे कि किसी भी भाषा के साहित्य के विकास के लिए एक महानगर का होना बहुत जरूरी है। वे बंगला का उदाहरण देते थे। कहते थे कि अगर बंगला को कलकत्ते के समान महानगर नहीं मिला होता तो बंगला-साहित्य इस प्रकार आगे बढ़ा हुआ दिखलाई नहीं देता। कहते थे कि मराठी के लिए बम्बई और पूना है, गुजराती-साहित्य के लिए अहमदाबाद और सूरत-जैसे नगर हैं, मगर हिन्दी-साहित्य के विकास के लिए कोई बहुत बड़ा नगर नहीं मिल पाया। अब हिन्दी दिल्ली में पहुँच गई है। अब देखो हिन्दी-साहित्य का विकास कितनी तेजी से होता है।

स्वर्गीय मुजतबा अली की बात साहित्य के विकास और प्रसार के लिए ठीक हो या न हो, लेखक के लिए कोई ऐसा नगर होना बहुत जरूरी है जहाँ उसका विकास हो सके। मैं तमाम जिन्दगी राँची में रह गया। फल हुआ कि मुझे जिस रूप में प्रकाशित होना चाहिए था वैसा नहीं हो पाया।

सन् 1956 में मेरा कहानी-संग्रह 'गल्पिका' प्रकाशित हुई थी जिस पर उत्तर प्रदेश की सरकार ने पुरस्कार भी दिया था। आज उसके बीस वर्षों के बाद मेरा यह नया कहानी-संग्रह आ रहा है। इसमें मेरी नई-पुरानी चुनी हुई कहानियाँ संग्रहीत हैं। आशा है यह संग्रह पाठकों को पसन्द आएगा।

—राधाकृष्ण

21, राधाकृष्ण लेन
राँची

क्रम

गेंद और गोल

गेंद और गोल

...ज्यादा पढ़ने से क्या होता है? पढ़ने की अपेक्षा पक्का खिलाड़ी होना ही ज्यादा अच्छा है। श्रीश को देखो। पढ़ना-लिखना साढ़े बाईस। बस, खेल और खेल। जहाँ मौका मिला कि मैदान में जमे हैं। गेंद पैरों के नीचे आई नहीं कि बिरनी की तरह नाचने लगा। नाचने लगा और इधर आ रहा है और उधर जा रहा है। नतीजा हुआ कि कम नम्बरों से परीक्षा पास की। सोचा था कि इसका एडमिशन भी कॉलेज में नहीं हो सकेगा। मगर यहाँ तो फर्स्ट डिवीजनवाले पड़े रहे और थर्ड डिवीजनवाले श्रीश का नाम सबसे पहले लिख लिया गया। वह फुटबॉल का खिलाड़ी जो है!...

दयाल अपने बारे में सोचता।...मैं बोर्ड में अब्बल आया; लेकिन मेरी ओर कोई देखता ही नहीं। उधर श्रीश के आगे-पीछे भीड़ लगी रहती है। लड़कियाँ उसकी ओर गौर से देखती हैं और आपस में बातें करती हैं। मैं पुस्तकालय में बैठता हूँ, वाद-विवाद में भाग लेता हूँ; लेकिन कोई मुझसे बात करनेवाला भी नहीं मिलता। उधर फुटबॉल के मैदान में श्रीश के आगे-पीछे भीड़ जम जाती है।

यही सब दयाल सोचा करता और मन ही मन कुढ़ता।

उस दिन जब प्रिंसिपल ने श्रीश के सम्मान में अपने यहाँ चाय की पार्टी दी तो उसके भाग्य से दयाल को पूरी ईर्ष्या हो गई। उसने सोचा कि अब मैं भी गेंद खेलूँगा। साधना से सब-कुछ हो सकता है। मेहनत के साथ लगूँगा तो सब ठीक हो जाएगा।

और अब वह भी फुटबॉल के मैदान में दिखलाई देने लगा। अब वह भी खेलता और खूब खेलता।

उसे आशा थी कि मैं इस बार कॉलेज की टीम में आ जाऊँगा; लेकिन उसे निराशा हुई। श्रीश का नाम सबसे ऊपर था और उस लिस्ट में दयाल का नाम तक नहीं था।

वह सिर झुकाये हुए बैठा था। चाहता था कि चेहरे पर वेदना प्रकट नहीं हो सके। वह झूठमूठ मुस्कुराना चाहता था और असफल हो रहा था। इसी समय श्रीश वहाँ दिखलाई पड़ा। उसका उल्लास से चमकता चेहरा देखकर दयाल जल उठा। बोला, ''श्रीश, तुमसे एक बात पूछना चाहता हूँ।''

"कहो!" —श्रीश ने कहा।

दयाल ने पूछा, "तुम्हें फुटबॉल में इतनी बड़ी सफलता मिली है, मगर मुझे क्यों नहीं मिल पाती?"

श्रीश ने कहा, "खेलने में भी तुम मुझसे आगे हो; लेकिन तुम्हारा ध्यान केवल गोल-पोस्ट की ओर रहता है और मैं हमेशा गेंद को ही अपना लक्ष्य मानता हूँ।"

दयाल के होंठों की टूटती मुस्कुराहट जुटती हुई-सी दिखलाई पड़ी।

विटामिन-कम्पलेक्स

यों डॉक्टर लोग चाहें जो मत दें; पर रामधन को विश्वास है कि जब से वह इस विटामिन के कारखाने में काम करने लगा है तब से उसकी जीवनी-शक्ति नष्ट होती जा रही है। वह अपने अन्दर किसी किस्म की ताकत पाता ही नहीं था; न शारीरिक, न मानसिक। दिन-दिन वह छीजता जा रहा था। लगता था जैसे शरीर में प्राण ही नहीं। चलता था तो ऐसा लगता मानो वह जीवन से हारा हुआ जा रहा है। और ऐसा हो भी क्यों न; सवा रुपया ही उसे रोज उस कारखाने से मिलते हैं। सो भी जिस दिन आओ उसी दिन की मजदूरी है। न आ सके, बीमार पड़ गए, तो वह सवा रुपया भी सुलफा हो जाता है। और जमाना भी ऐसा कि आज के जमाने में सवा रुपए से कुछ होने-हवाने से रहा। दो सेर आटा खरीदने में ही जमा-पूँजी साफ हो जाती है। चावल तो बिचारा सोच भी नहीं सकता। चावल का मोल अनमोल हो रहा है। और इसके सिवा कपड़े-लत्ते हैं, तेल और कोयला है, कपड़े की धुलाई है। उसपर बेटी अब जवान हो चली है! उसका विवाह कैसे करेगा? किसी तरह आधा-पेट खाकर वह जी लेता है; पर विवाह करना आज हँसी-खेल नहीं है। और वह घबरा जाता है। शरीर दिनोंदिन सूखता-सा जा रहा है। उसे इस बात का पता भी नहीं कि वह अपनी जीवनी-शक्ति को नष्ट करके दूसरों की जीवनी-शक्ति बढ़ाने के लिए विटामिन तैयार किया करता है।

इसी बीच रामधन को एक दिन लू लग गई। यह तो भाग्य कहिये कि वह आग में पकाया कच्चा आम खाकर और अपने शरीर में लगाकर किसी तरह अच्छा हो गया। मगर अच्छे होने के बाद उसकी कमजोरी बेहद बढ़ गई। जरा चलता कि हाँफ जाता। जरा काम करता कि प्राण जाने-जाने-सा होने लगता। उसकी समझ में आता ही नहीं था कि उसे कौन-सा रोग हो गया है। आखिर उसने डॉक्टर की शरण ली। अपना सारा हाल कह सुनाया जिसे डॉक्टर अरुचि के साथ सुनते रहे। सुन लेने के बाद डॉक्टर ने कुछ कहा नहीं; एक कागज के पुर्जे पर लिख दिया—विटामिन कम्पलेक्स-बी गोलियाँ। और उस कागज के पुर्जे को उसकी ओर बढ़ाते हुए बोले, "एक गोली सबेरे और एक गोली शाम!...फिर जैसा हो, हमें पन्द्रह दिन के बाद खबर देना।"

रामधन ने चुपचाप पुर्जा लिया और दवाखाने में पहुँचा। अपने सामने पुर्जे को देखते ही कम्पाउंडर ने चट चश्मा लगाकर उस पुर्जे को पढ़ा, फिर उस पुर्जे को हाथ में ही उलटता-पुलटता सोचने लगा कि किस आलमारी में वह दवा रखी हुई है। उसके बाद उसने बाईं ओर की आलमारी खोली और उसमें से एक शीशी निकालकर रामधन के हाथ में देते हुए कहा, ''इसका दाम होगा तीन रुपया दो आना।''

और शीशी को हाथ पर रखे हुए रामधन आश्चर्य के सागर में गोते लगा रहा था। यही दवा तो वह बनाया करता है। पूछा, ''क्या हमारे लिए डॉक्टर साहब ने यही दवा दी है?''

उसकी ध्वनि में अविश्वास था। लगता था मानो वह कह रहा हो कि और कोई भी दवा हो सकती है; मगर यह दवा तो कदापि नहीं हो सकती।

कम्पाउंडर ने गम्भीरतापूर्वक कहा, ''हाँ भाई, दवा यही है। क्या तुम्हें विश्वास नहीं होता?''

रामधन ने कहा, ''तो फिर इस दवा के लिए मैं तीन रुपया दो आने खर्च नहीं कर सकता। यही दवा तो मैं रोज बनाया करता हूँ। इस दवा के लिए इतना दाम क्यों खर्च करूँ? आप कहिये तो ऐसी दर्जनों शीशियाँ लाकर आपको दे-दूँ।''

कम्पाउंडर ने उत्सुक होकर पूछा, ''यही पैकिंग ला सकोगे?''

रामधन ने गर्व से उत्तर दिया, ''बस, साहब; यही पैकिंग, यही लेबिल, यही गोलियाँ। चाहे जितना कहिये, ला दूँ।''

इस बात को सुनकर वह अर्द्धवयस्क कम्पाउंडर कुछ सोचने लगा। फिर मानो नींद से चौंककर पूछा, ''हाँ भाई, तो उसका क्या दाम लोगे?''

रामधन ने उत्साह से कहा, ''बस एक रुपया शीशी के भाव दाम दे दीजिए।''

कहने को वह कह गया, मगर मन ही मन घबरा रहा था कि कहीं वह ज्यादा तो नहीं कह रहा है।

कम्पाउंडर ने प्रसन्नतापूर्वक कहा, ''अच्छी बात है; वही दाम ले लेना। तो माल कब ला सकोगे!''

रामधन ने कृतज्ञता का भाव दिखलाते हुए कहा, ''बस आज ले लीजिए बाबूजी।''

और उसी दिन शाम को जब रामधन उस दवाखाने में पहुँचा तो उसके पास बीस शीशियाँ थीं। कुछ ऊपर की जेब में, कुछ नीचे की जेब में; गोया तमाम विटामिन ही विटामिन भरे हुए थे। कम्पाउंडर ने गिन-गिनकर शीशियों को आलमारी में रखा और उसके बाद दस-दस के दो नोट दराज से निकालकार दे दिए।

रुपया लेकर रामधन वहाँ से चला तो वह अपने को हलका अनुभव कर रहा था। उसके पैर तेजी से घर की ओर बढ़ रहे थे। मन ही मन वह अपने को स्वस्थ समझ रहा था। बल्कि बीमारी की बात भी उसके मन से निकल चुकी थी।

और फिर तो ऐसा ही क्रम बँध गया। वह रोज कारखाने से शीशियाँ चुराकर लाता, रोज पैसे खड़े करता और आनन्द से रहता।

उसका स्वास्थ्य भी अब बहुत अच्छा रहता था। यदि कोई उससे पूछे, तो वह शपथ खाकर कह सकता था कि उसने एक गोली भी उस दवा की नहीं खाई है। वह तो जानता भी नहीं कि विटामिन का स्वाद कैसा होता है। उसे पैसों में स्वाद मिला करता था और इसी से उसका रोग अच्छा हो चुका था। उसका शरीर अब तन्दुरुस्त मालूम होता। वजन भी बढ़ गया था। आँखों में जीवन का उल्लास चमकने लगा था। अब वह बेफिक्री के साथ अकड़ कर चलता। उसे बेटी के जवान होने की फिक्र नहीं थी। वह आनन्द के साथ सोचा करता था कि कब वह समधी बनकर बेटी को मंडप में दान देगा। उस समय दरवाजे पर अंग्रेजी बैंड बजता रहेगा और आँगन में बैठी स्त्रियाँ गीत गाती रहेंगी।

पड़ोसी

एक चोरी के मामले में डोमन को जेल जाना पड़ा था। यों तो उस चोरी के मामले में उसके और भी कई साथी थे; लेकिन पकड़ा गया था एक वही। यारों ने तो माल मारा और पार हो गए। उसके बाद जब डोमन पकड़ा गया तो उस बेचारे की सुधि किसी ने नहीं ली। किसी से यह भी नहीं हुआ कि मुकदमे में पैरवी कर दे या एक बार मिल तो ले। इधर डोमन भी पक्के इस्पात का बना हुआ था। जैसे उसके अन्दर न कहीं जोड़ था और न पोलापन। मार-मारकर उसे खून से नहला दिया गया, पर उसने किसी साथी का नाम न लिया। प्रलोभन भी कम नहीं दिए गए। उसे खूब फुसलाया गया। मगर डोमन कतराता रहा सो आखिरी दम तक कतराता ही गया। उसके मुँह से किसी के नाम का आभास तक नहीं मिला। उसके बाद जेल की कड़ी सजा, जेल का जीवन!

जेल में डोमन का मन नहीं लगता था। अपने को वह अन्य अपराधियों से भिन्न समझने की कोशिश करता। जबतक वह जेल में रहा सदा सोचता रहा कि चोरी-चमारी बुरा काम है। अब फिर वह इस दिशा में पैर नहीं रखेगा। उसके मन में ग्लानि होती थी। वह जब अकेले में होता तो उसकी आँखों से आँसू गिर जाते। अपनी धारणा के अनुसार वह सोचा करता था कि उसने उस पिछले जन्म में कौन-सा कर्म किया कि इस जन्म में गरीब के यहाँ नीच जाति का होकर जन्म लेना पड़ा और चोरी करनी पड़ी। अपने किये पर वह पछताता था। अब भविष्य में वह नेक बनना चाहता था। मन ही मन वह सोचता कि अब चाहे जो हो जाए; चाहे भीख माँगने की नौबत ही क्यों न आ जाए, वह फिर बुरी संगत में नहीं पड़ेगा, कुपन्थ में कभी पैर न देगा।

जेल के साथी उसकी हँसी उड़ाते। सत्तर चूहे खाकर बिल्ली चली हज को। जिस फिक्र को लेकर मरे जा रहे हो वह अब नहीं होने का। यहाँ दुनिया देखी है। तुमने बहुत की होगी तो बीस चोरियाँ की होंगी। यहाँ दर्जनों खून और सैकड़ों चोरियाँ हजम कर चुके हैं। मजाल नहीं कि कोई हवा भी पा सके या किसी को कोई गन्ध भी मिल जाए। इस तरह, तुम्हारी तरह तो घामड़-नौसिख ही पकड़े जाते हैं। अपने फन के उस्ताद तो काम करते हैं और चल निकलते हैं। उन कैदियों में जो

और भी गहरे थे वे डोमन की मनोवृत्ति देखते थे और मुस्कुराते थे। वे गम्भीर होकर कहते कि अभी कच्चा है बेचारा। जब दो-तीन बार जेल की हवा खाएगा तब बुद्धि आपसे-आप खुलेगी।

...नहीं-नहीं, किसी को कुछ समझाने-सिखलाने की जरूरत नहीं। डोमन फिर कभी इस राह में नहीं आ सकता। वह अकेला आदमी है। किसके लिए फिक्र करे? मेहनत-मजदूरी से कुछ मिल गया तो मिल गया, नहीं तो यों ही सो रहे। यहाँ कौन-से बच्चे-कच्चे हैं जिनकी फिक्र की जाए। घरनी भी नहीं जो खाना-कपड़ा माँग-माँगकर जिन्दगी खराब कर दे। फिर फिक्र क्या कि सोच क्या। जैसा चलेगा वैसा चलेगा।

ऐसे विचारों से उसे दृढ़ता मिलती। वह मन ही मन आश्वस्ति लाभ करता। उसे गहरी नींद आती। उस नींद में उसे ऐसा मालूम होता कि जैसे लोग उसकी चाल-चलन की प्रशंसा कर रहे हैं। सबेरे जब उसकी आँखें खुलती तो मन हलका मालूम होता।

जेल से बाहर निकलने पर उसे असीम आनन्द मालूम हो रहा था। वह इस तरह धीरे-धीरे चल रहा था मानो उसे कहीं जाना नहीं है। जैसे वह हवाखोरी के लिए इधर आ गया था और अब उसी तरह टहलता हुआ घर लौट रहा है। उसका घर शहर से दूर एक गाँव में था। जिस समय वह अपने गाँव में घुस रहा था उसका हृदय आनन्द से प्रफुल्लित होता जाता था। लगता था मानो वह अपनी माँ की गोद में जा रहा हो।

लेकिन घर पहुँचते ही उसका हृदय ऐंठकर रह गया। जिस घर को वह लिपा-पुता, साफ-सुथरा छोड़ गया था उस घर को आज क्या हो गया! यह तो पहचान में भी नहीं आता कि वही घर है। हमारी गाय क्या हुई? पाँच-सात बकरियाँ थीं, उनका क्या हुआ? यहाँ तो लोगों ने घर के खपड़े भी उतार लिये हैं। आग सुलगाने के लिए छप्पर के बाँसों को खींच-खींचकर खत्म कर दिया गया है। बरसात की बौछारों से दीवारें टूट गई हैं। किसी से भी ऐसा नहीं हुआ कि जन्म से जो इसी गाँव में रह आया है उसके घर की खोज-खबर तो ले-लें। इस काम के लिए बाहर से चोर आ नहीं सकते थे। यह सारा पड़ोसियों का ही काम है। डोमन की आँखें लाल हो गईं। घर के भीतर जो सारा सामान था उसका भी पता नहीं लगा। कूड़ों की ढेर के सिवा अब उस मकान में कुछ भी नहीं था। न एक भी बर्तन बचा था, न एक भी सन्दूक। यहाँ तक कि मिट्टी की हाँड़ी को भी यारों ने टरका दिया था।

डोमन की आँखें लाल थीं। वह क्रोध से दाँत किटकिटा रहा था। क्या यह चोरी नहीं है? यह काम तो उन्हीं लोगों ने किया है जिनके बीच मैं नेक बनकर रहने का सपना देखता था। इन कमीनों की प्रशंसा का मोल ही क्या। हम चोर हैं तो ये

छिछोर हैं। बड़ा हाथ ये इसीलिए नहीं मारते कि इनका छोटा कलेजा है। वर्ना ये हमसे भी ज्यादा पापी हैं। खुद तो नेक रहते नहीं; बस एक हवा बाँध रखी है कि दूसरे नेक रहा करें।

जब वह पड़ोसियों के पास गया तो वे प्रसन्नतापूर्वक मिले। किसी ने भी आँखें नहीं चुराईं। फिर भी किसी ने उसे यह नहीं बतलाया कि उसकी गाय क्या हुई, उसका छप्पर किन लोगों ने तोड़ा, घर की राई-रत्ती उठाकर कौन ले गया। मगर डोमन सब समझ रहा था, सब जान रहा था। इस काम के लिए सारे मुहल्ले के लोग अपराधी थे। इनके बीच भला बनकर कोई क्यों रहना चाहेगा ? ये तो खुद गए-बीते हैं, नीचों से भी नीच हैं। डोमन के मन में मर्मान्तक पीड़ा थी। वह बेचैन-सा हो रहा था। अकेले में खड़ा होकर वह अपने मुहल्ले की ओर लाल आँखों से घूरने लगा।

इसके बाद फिर अधिक दिन नहीं बीत सके। पाँच दिन के बाद ही वह अपने मुहल्ले में चोरी करता हुआ पकड़ा गया।

सारे मुहल्ले के लोग उसे गालियाँ दे रहे थे, क्रोध से पीट रहे थे। जो औरतें डोमन के घर के बाँस के बिना चूल्हा भी नहीं सुलगा सकती थीं वे आज हाथ चमका-चमका कर उसकी माँ की निन्दा कर रही थीं।

बड़े समारोह के साथ पुलिसवालों को सूचना दी गई। जमादार और सिपाहियों को स्वागत के साथ बुलाया गया और रस्सी से बँधे-बँधाये डोमन को, उन्हें सुपुर्द कर दिया गया।

जमादार साहब ने उसकी पीठ पर बूट की ठोकर मारते हुए कहा, "मरदूद के बच्चे, पड़ोसियों के यहाँ चोरी करता है। लाज भी नहीं आती!"

इस बात पर हाँ में हाँ मिलाते हुए मुहल्लेवालों ने कहा, "जमादारजी, ऐसा तो न कहीं देखा न सुना। सारी दुनिया से आदमी चोरी करके अपने घर में आता है; लेकिन यह ऐसा है कि अपने घर में ही सफाया करता है।"

डोमन की आँखें चढ़ी हुई थीं। उसने झल्लाकर कहा, "मैं तुम लोगों से लाचार हो गया था। तुम इतने कमीने हो कि मैं तुम लोगों के बीच रहना नहीं चाहता था। मैं वहीं जाना चाहता था जहाँ हमारे साथी लोग पड़े हुए हैं। वे तुम लोगों की तरह कमीने नहीं। तुम लोगों के बनिस्बत वे ज्यादा भले हैं। अगर मुझे उन लोगों के पास जाना नहीं होता तो फिर तुम क्या, तुम्हारे भूत भी मुझे नहीं पकड़ पाते। चोरी मुझे आती है। मुझे वह चोरी नहीं आती कि किसी गरीब-बेकस का घर उजाड़ दिया और समझते रहे कि मैंने कुछ किया ही नहीं।"

इस बात को सुनकर पड़ोस का एक आदमी आश्चर्य और घृणा से कह उठा, "सुन रहे हैं न जमादारजी, साले की बातें ?"

गठरी का भेद

एक चूहा था।

चूहे हमेशा भूखे रहते हैं, सो वह चूहा भी भूखा था। वह अपना भोजन खोजता हुआ इधर से उधर टपटपाता फिरता था। चारों ओर खोजता फिरता, मगर खाने के लायक कुछ भी नहीं। यों दुकानों में खाने-पीने की बहुत-सी चीजें थीं, लेकिन चूहे के पास खरीदने को पैसे नहीं थे। तमाम छान मारा; लेकिन खाने के लायक उसे कोई भी चीज नहीं मिली।

तब उसने क्या देखा कि घूरे पर एक बहुत बड़ी गठरी पड़ी हुई है। बापरे-बाप, इतनी बड़ी गठरी कि इसमें तीन मंजिल और चार मंजिल की इमारत समा जाए। इसमें खाने-पीने की न जाने कितनी चीजें होंगी। चूहा उछल कर उस गठरी पर चढ़ गया और उसके ऊपर-ऊपर दौड़ता रहा, फिर मगन होकर नाचने लगा। उसके बाद उसने भोजन की प्राप्ति के लिए भगवान की प्रार्थना की और उन्हें धन्यवाद दिया। तब वह अपने पैने दाँतों से गठरी को कुतरने लगा। कुतर रहा है, कुतर रहा है और कुतरता ही जाता है। सारी गठरी खत्म हो गई, मगर खाने की कोई चीज नहीं मिली। खाने की चीज तो दूर रहे, उस गठरी में हवा तक नहीं मिली कि जरा उस हवा में साँस तो ले सके। चूहा क्रोध से जल उठा। भला ऐसी भी गठरी होती है कि जिसमें कुछ बँधा ही न हो। यह साफ चार-सौ बीस है, सरासर धोखा है। उसके जी में आया कि वह थाने में चला जाए और इस बात की रिपोर्ट कर दे। मगर फिर खयाल आया कि थाना तो बिल्लियों के अधिकार में है। वहाँ मेरी कौन सुनेगा?

तब वह एक सम्पादक जी के पास पहुँचा जिनकी मेज के नीचे पड़ी टोकरी में वह अनेक स्वादिष्ट कहानियाँ, रसीली कविताएँ और विद्वतापूर्ण निबन्ध पाता रहता था और खाता रहता था। उसने जाकर सम्पादकजी से कहा, ''जय रामजी की सम्पादकजी, आजकल बड़ा फरेब है, बहुत धोखा है। मैंने बहुत बड़ी गठरी देखी। इतनी बड़ी गठरी कि उसमें तीन-चार मंजिल की इमारत समा जाए। मगर उसमें कुछ भी नहीं था, हवा भी नहीं थी।''

सम्पादकजी सुनकर हँसने लगे। हँसते हुए बोले, ''तुम्हें भी धोखा हो गया। वह किसी एम.एल.ए. या पार्लामेंट के किसी सदस्य के वादाओं की गठरी थी जिसे उसने चुनाव जीतने के बाद फेंक दिया होगा।''

एक दुनिया बदल गई, एक दीपक बुझ गया

एक दुनिया बदल गई।

तब नईम जवान था और रबिया उसकी आशा थी। उस समय नईम अर्शद मियाँ के यहाँ रहता था और उनकी बकरियाँ चराता था। वह जान-बूझकर बकरियों को हाँकता हुआ उधर जाता जहाँ जंगल में चट्टानें खड़ी थीं और उनके इर्द-गिर्द नदी बहती थी और जहाँ अपनी बकरियों को चराने के लिए रबिया रोज आया करती थी। नईम और रबिया रोज मिलते, रोज तरह-तरह की बातें होतीं और जब शाम होने को आती तो दोनों अपनी-अपनी बकरियों को पुकारते और दोनों की बकरियों का दल अलग-अलग हो जाता और दोनों अलग-अलग दिशाओं में चल पड़ते। इसी तरह वर्षों गुजर गए। रबिया कितनी प्यारी है, कैसी मासूम। एक दिन नईम से नहीं रहा गया। उसने पूछा, ''अरी रबिया, पूछूँ एक बात?''

रबिया मुस्कुराई। बोली, ''क्या पूछोगे; शादी की बात पूछोगे!''

नईम ने कहा, ''अच्छा, तो पूछूँगा नहीं। जवाब ही सुन लूँगा।''

मगर जवाब में रबिया ने जो कुछ कहा था उससे नईम का दिल बैठ गया। उसने कहा था कि अब्बा तुम्हें पसन्द नहीं करते। उनका कहना है कि नईम के पास अपना घर-दरवाजा कुछ भी नहीं। वह कोई कारीगरी भी नहीं जानता कि आगे चलकर कुछ कमा सके। ऐसे आदमी के साथ बेटी को सौंपने से ज्यादा अच्छा है कि रबिया को कुएँ में डाल दें। रबिया ने उससे यह भी बतलाया कि उसकी शादी पुरगाँव में ठीक हो चुकी है जिसके यहाँ अपनी बकरियाँ ही नहीं, गाय और भैंस भी हैं। दो हल की अपनी खेती है।...कहते हुए रबिया का गला भर्रा आया और वह आँसू पोंछती हुई वहाँ से चली गई और रो-रोकर अपनी बकरियों को पुकारा। उसके बाद से नईम के साथ रबिया की कभी मुलाकात नहीं हो सकी।

एक दीपक बुझ गया।

नईम अब बूढ़ा हो गया है। वह कारीगरी जानता है और कफ़न सीता है। उसने शादी तो नहीं की; मगर अब उसका घर है, अपने गाय-बैल हैं और सात एकड़ की अपनी खेती भी है।

नईम अब बूढ़ा हो गया है और पाता है कि उसकी आँखों की जोत मद्धिम होती जा रही है, अन्तकाल निकट आ रहा है, फिर एक दिन ऐसा भी आएगा जिस दिन वह भी नहीं रहेगा। इसीलिए वह पिछले बीस वर्षों से अपने लिए कफ़न सी रहा था और जितनी कारीगरी वह जानता था सब उस कफ़न के पीछे खर्च कर चुना था। उसने अपने लिए एक ताबूत बनाया था और इस बात पर गर्व करता था कि यह कफ़न और यह ताबूत बड़े-बड़ों को भी नसीब नहीं हो सकता। अक्सर वह इस बात की कल्पना किया करता था कि उस कफ़न के साथ उस ताबूत में उसकी लाश कैसी शानदार लगेगी।

मगर उस दिन पड़ोस के गाँव से एक नौजवान अपनी माँ के लिए नईम के पास कफ़न सिलवाने के लिए आया, तो नईम को यह जान कर कैसा तो लगा कि वह रबिया का बेटा है और आज से दो महीना पहले रबिया अपने नैहर में आई थी, आज सबेरे उसका इन्तकाल हो गया।

''ओह, रबिया मर गई!'' नईम ने कहा, ''तुम उसे क्या जानोगे बेटे, मैं रबिया को जानता हूँ। नेकवक्त खुदा के यहाँ चली गई। उसके कफ़न के लिए तुम्हें कहना नहीं होगा। मैं उसके लिए वह शानदार कफ़न दूँगा जिस पर मैं बीस वर्षों से काम करता आ रहा हूँ। उसके लिए खास ताबूत भी दूँगा। देखनेवाले याद करेंगे कि रानियों और शाहजादियों के मैयत में भी ऐसे कफ़न और ऐसे ताबूत नहीं होते। इसके लिए तुम्हें कुछ देना भी नहीं होगा। यह सब कुछ उस मरहूम रबिया के लिए है, सिर्फ रबिया के लिए।''

और उसने शानदार ताबूत निकाल दिया, वह काम किया हुआ जरी का कफ़न दे दिया और रबिया को मिट्टी देने के लिए खुद भी चल पड़ा।

जब उस कफ़न में लिपटी हुई रबिया की लाश निकली तो बूढ़े कारीगर का कलेजा उसे देख-देखकर उछल रहा था। उसे लग रहा था मानो वह स्वयं मर गया है और उसकी लाश चली जा रही है। आज उसे अपना जीवन सार्थक मालूम हो रहा था।

धीरज की परीक्षा

वह अमीर था। कैसे बतलाऊँ कि वह कितना अमीर था। मुझसे, आपसे, इससे, उससे, सबसे अमीर था। राजा-महाराजा से भी अधिक अमीर था। वह बहुत अमीर था।

सो एक दिन ऐसा हुआ कि उसके पास एक गरीब पहुँचा। गरीब पहुँचा और पहुँचकर हाथ जोड़ दिया। हाथ जोड़कर गिड़गिड़ाने लगा, ''महोदय, आप धनवान हैं। आप मुझसे काम लीजिए, आप मुझे कोई काम दीजिए।''

अमीर लोग बहुत-सी बात पूछते हैं। यों ही बेकार पूछते हैं। सो पूछा, ''मैं तुम्हें काम क्यों दूँ?''

''क्योंकि मैं काम कर सकता हूँ।'' उस गरीब ने कहा, ''क्योंकि मैं गरीब हूँ। काम किये बिना मेरा गुजारा चल नहीं सकता।''

उसकी बात सुनकर अमीर आदमी मूँछों के नीचे मुस्कुराया।

अमीर आदमी मुस्कुराते ही हैं। अमीरों के पास धन होता है। उनकी मुस्कुराहट में धन की दीप्ति रहती है। वे सोचते हैं कि मेरे पास धन है इसलिए मेरे पास बुद्धि भी बहुत ज्यादा है। वे यह भी सोचते हैं कि जिसके पास धन नहीं वह बुद्धिहीन है। उनका विचार होता है कि काम या धन देने की अपेक्षा गरीबों को बुद्धि देना ज्यादा अच्छा होता है। अगर इसके पास बुद्धि रहेगी तो इसके पास भी सब-कुछ हो जाएगा। सो उस अमीर आदमी ने गरीब आदमी को उपदेश दिया। बोला, ''संकट आने पर आदमी को घबराना नहीं चाहिए। हमेशा धीरज से काम लेना उचित है। धीरज रखकर जिन्दगी की मंजिल तय करो। मैं देखना चाहता हूँ कि तुममें कितना धीरज है। तुम पच्चीस साल के बाद मेरे पास आना तब मैं तुम्हें काम दे दूँगा।''

गरीब आदमी ने अपना सिर झुकाया और अमीर आदमी का उपदेश मान लिया। अमीर कभी गलत बोलते नहीं, गलत करते नहीं। चलो, यह ठीक कहता है।

गरीब आदमी वहाँ से चला गया और पच्चीस साल के बाद अमीर के पास पहुँचा। अमीर आदमी ने उसे देखते ही कहा, ''भाई मेरे, तुमने तो आने में

बड़ी देर कर दी। अब तो मैं भी तुम्हारी ही तरह गरीब हो गया हूँ। चलो, मैं भी तुम्हारे साथ ही चलूँगा और किसी अमीर आदमी से काम माँगकर मेहनत करूँगा।''

''ठीक है, चलिये!'' गरीब आदमी ने उसे साथ ले लिया और चलने लगा। चलते-चलते उसने पूछा, ''गरीबी में धीरज रखने के बारे में आपका क्या ख्याल है? आप तो तुरत चल पड़े!''

वाल्मीकि का श्लोक

क्रौंचमिथुन के समय जब व्याधा ने तानकर बाण चलाया और क्रौंच का जोड़ा मरकर गिर गया तो वाल्मीकि ऋषि की आत्मा व्यथित हो उठी। तत्काल उनके मुँह से अनुष्ठुप छन्द का एक श्लोक निकला।

श्लोक निकला तो वाल्मीकिजी चकित रह गए। सोचने लगे कि इस श्लोक का मैं क्या करूँ। तब वे आगे बढ़ गए और व्याधा को पुकारा, ''ओ भाई व्याधा, जरा सुनते जाना।''

व्याधा रुक गया। पूछने लगा, ''क्या है?''

वाल्मीकि ने कहा, ''मैंने एक श्लोक बनाया है। मैं चाहता हूँ कि तुम उसे सुन लो।''

व्याधा हँसने लगा, ''अब कविता सुनने और सुनाने की चीज रही नहीं। इसे तालपत्र पर एक ओर हाशिया छोड़कर साफ-साफ लिखकर लेते लाइए। उसके बाद जब फुर्सत होगी तो उसे पढ़ूँगा।''

क्या करते वाल्मीकि। तालपत्र का जोगाड़ किया। उसमें मसि से श्लोक लिखा और व्याधा को दे आए। व्याधा ने कहा, ''ठीक है, आप इसे छोड़ जाइए। मैं फुर्सत के समय इसे देखकर इस पर विचार करूँगा। फिर जैसा होगा आपको सूचना दे दूँगा। अगर ज्यादा देर हो तो तीन सप्ताह के बाद मुझे फिर से एक बार याद दिला दीजिएगा।''

वाल्मीकि ऋषि ने ''अच्छा'' कहा और वापस लौट गए। मगर उनका मन छटपट करता रहा। वे सोचते रहे कि कविता का कोई असर होता है या नहीं। उसे पढ़कर व्याधा का हृदय तो अवश्य ही द्रवित हो जाना चाहिए। मगर ऐसा कुछ हुआ नहीं। बहुत दिनों तक व्याधा के पास से कोई सूचना नहीं आई। तब तीन सप्ताह के बाद वाल्मीकिजी स्वयं व्याधा के पास पहुँचे। पूछने लगे, ''भाई व्याधा जी, आपने तो मेरी कविता पढ़ ली होगी?''

व्याधा ने कहा, ''आपकी कविता वैसे है तो अच्छी। इसी तरह परिश्रम करते रहे तो आपको किसी दिन कविता लिखना आ जाएगा।''

मगर वाल्मीकिजी दूसरी बात के लिए उत्सुक थे। उन्होंने पूछा, ''मेरी कविता से आपके मन में कुछ व्यथा तो अवश्य ही हुई होगी। उसका असर जरूर पड़ा होगा।''

व्याधा हँसने लगा। बोला, ''आप भी कैसी बचकानी बात करते हैं मुनिजी! तब कविता ने अपना पुराना निवास-स्थान छोड़ दिया और किराये के मकान में रहने लगी है।''

किराये का मकान! वाल्मीकिजी चकित हो गए। बोले, ''यह क्या बात है? किराये का मकान कैसा होता है?''

व्याधा ने कहा, ''वाल्मीकिजी, मेरा मतलब आप समझे नहीं। कविता अब हृदय में निवास नहीं करती। वह बौद्धिक हो गई है। आपकी इस कविता में बुद्धि को स्तंभित करनेवाली कोई चीज मैं नहीं देखता।''

वाल्मीकि ऋषि निराश होकर वहाँ से लौट गए।

हो गया

बात '40 की है।

कलकत्ते की एक सँकरी सड़क से होकर चार मित्र आपस में बहस करते हुए जा रहे थे। बात रमा और रमेश के विवाह की थी। अफवाह गर्म थी कि रमा और रमेश का विवाह शीघ्र ही होनेवाला है। इन मित्रों का भी अनुमान था कि उन लोगों का विवाह शीघ्र ही हो जाएगा।

उन चारों मित्रों में अवधेश की आदत जोर से बोलने की थी। शायद उसका ख्याल था कि बात को जोर से कहने पर ही बात जोरदार होती है। उसने सुना था कि रमा और रमेश ने आपस में 'सिविल मैरेज' कर ली है।

सबकी बात काटता हुआ अवधेश जोर से बोला, "तुम लोग क्या कहते हो, होगा?...अरे हो गया!"

त्रिपुरारी और श्रीनिवास दोनों ने एक साथ चौंककर पूछा, "हो गया?"

अवधेश ने किसी विजयी वीर की तरह जोर से कहा, "हाँ-हाँ, हो गया! हो गया!!"

उसकी बगल से ही पास की दर्जी-दुकान का छोकरा हाथ में खाली केटली लटकाये चाय लाने जा रहा था। अवधेश की बात सुनते ही एकाएक उल्टे पैर वापस भागा। वह चिल्ला रहा था, "हो गया! हो गया!!"

आसपास के दुकानदार अपना माल बेचना छोड़कर बाहर की ओर झाँकने लगे। पान की दुकानवाला हाथ में पान का पत्ता लिए-दिए दुकान छोड़कर अपने ग्राहकों के बीच सड़क पर कूद गया। उसे कूदते देखकर पास की कोयलावाली अपनी टोकरी उठाकर भाग चली। एक ने उस भागनेवाले छोकरे से पूछा, "क्या हुआ रे?"

छोकरे ने उसकी ओर देखा तक नहीं। अपनी खाली केटली ऊपर की ओर उठाकर जवाब दिया, "हो गया!"

ये चारों मित्र भी चकित होकर इधर-उधर देखने लगे। क्या हो गया?

देखा कि आसपास की दुकानें धड़ाधड़ बन्द हो रही हैं। लोग तेजी के

साथ इधर से उधर भाग रहे हैं। यह मित्र-मंडली भी घबरा गई। पूछा, ''क्या बात है?''

एक ने भागते ही भागते कहा, ''अरे जान बचाइए, हिन्दू-मुसलमान में दंगा हो गया!''

और सचमुच ही दंगा शुरू हो गया था।

अब्बास का स्टैंडर्ड

अब्बास बैठकर खा रहा है। मुँह चलता है तो उसकी डाढ़ी हिलती है। छत्तीस साल की ही तो उम्र है उस अब्बास की। इसी उम्र में उसके सिर के सारे केश श्वेत-सन हो गए हैं। अपवाद की तरह बाल कहीं-कहीं काले दिखलाई दे जाते हैं। दाँत भी कई टूट गए हैं और मुँह पोपला मालूम होता है। पास में पैसे नहीं कि खिजाब से रंगकर इन विद्रोही बालों को काला कर ले। वह जो कमाता है वह सारा का सारा खाने की चीज खरीदने में ही खर्च हो जाता है।

मगर खाने की जिन चीजों के पीछे अब्बास की सारी कमाई सुलफा हो जाती है वही खाना अभी बैठकर वह खा रहा है। निहायत मामूली चावल का भात, पानी मिली हुई पतली दाल। एक सब्जी, एक भुजिया, चटनी और प्याज, और बस। न सालन, न मछली, न अंडे, न दूध। क्या करे बिचारा अब्बास; फिक्र के मारे इसी उम्र में बूढ़ा हो गया है।

महीने में डेढ़-दो सौ की कमाई है। कुछ मकान के किराये में जाता है, बाकी सारा का सारा भोजन का सामान खरीदने में खर्च हो जाता है। धोबी और पान-पत्ते का हिसाब हर महीने इधर-उधर होता रहता है। अब्बास को अपने बाप की याद आती है। वह महीने में सिर्फ पैंतालिस रुपए पाता था; लेकिन उसका खाना-पीना, तौर-तरीका, रंग-ढंग सब कुछ इससे अच्छा था। तौबा, यह भी कोई खाना है। रद्दी-सद्दी चावल, गड़हिया के पानी की तरह दाल। बस, इसी में सारी कमाई खत्म हो जाती है।...

अब्बास खाता हुआ मुँह चला रहा है और उसकी डाढ़ी हिल रही है। वह चिन्ता से चूर है। वह इस तरह मुँह में एक-एक कौर देता है जैसे कब्र में मिट्टी डाल रहा है। यह भी क्या खाना है!

सहसा उसके सामने कुछ दिखलाई देने लगा। आजकल उसकी आँख कमजोर हो गई हैं। चश्मा लेने के लिए पैसे नहीं बचते। आँखों के आगे भ्रम घूम जाता है। कुछ का कुछ दिखलाई देने लगता है। क्या करे अब्बास। अभी यह कौन दिखलाई दे रहा है? पहचाना हुआ लगता है। पहले कहीं देखा था। कहाँ देखा था? हाँ, तवारीख की किताब में तस्वीर थी। ठीक तो, ये शाहंशाह अकबर हैं। वे मुस्कुराते

हुए मेरी ओर क्या देख रहे हैं? अब्बास भूल गया कि वह खाना खा रहा है। भूल गया कि वह किस जमाने में है और शाहंशाह अकबर किस जमाने में थे। चट घुटने टेककर बैठ गया और जमीन चूमकर अल्लाह-ताला से उनके लिए दुआ माँगी।

अकबर ने पूछा, "कहो अब्बास, खैरियत से हो न?"

"खुदा का फजल है!" अब्बास ने कहा, "आलीजाह, खैरियत से तो क्या रहूँगा। बस जिये जा रहा हूँ। मगर हाँ, जहाँपनाह ने इस नाचीज को किसलिए याद फर्माया है?"

बादशाह-सलामत ने कहा, "कुछ बाजार-भाव जानने की तबीयत थी। सोचा कि अब्बास रोज खरीद-फरोख्त करता है। उसी से पूरा पता चलेगा। हाँ, यह देखो। यह जो चावल तुम खा रहे हो, इसका क्या भाव है?"

अब्बास ने थाली के भात की ओर नजर डाली और उसे बड़ा बुरा मालूम हुआ। यह तो और भी बुरा मालूम हुआ कि बादशाह सलामत बड़े चाव से इस चावल का दाम पूछ रहे हैं। बोला, "जहाँपनाह, पचास रुपए मन यह चावल है। किलो के भाव खरीदिये तो कुछ और भी ज्यादा देना पड़ता है।"

"वाकई, यही तो बात है।" शाहंशाह अकबर ने कहा, "मैं यही जानना चाहता था। तुम मुझसे भी कीमती खाना खाते हो। तुम्हारा स्टैंडर्ड बहुत ही ऊँचा हो गया है। मेरे जमाने में रुपया अठारह या बीस गंडे का था। मैं बादशाह हूँ न, मुझे ठीक याद नहीं आता। मगर चावल के बारे में मुझे ठीक याद है। असल में मैं बढ़िया से बढ़िया चावल का शौकीन था। मेरे पुलाव के लिए सबसे बढ़िया और सबसे कीमती चावल खरीदा जाता था। मगर वह चावल भी रुपए में सोलह सेर का आता था। तुम ख्याल करो; तुम्हारा जमाना कितना आगे बढ़ गया, तुम्हारा स्टैंडर्ड कितना ऊँचा उठ गया, तुम्हारी खरीदने की ताकत कितनी ज्यादा बढ़ गई!"

शाहंशाह अकबर ठहाका लगाकर हँस उठे।

अब अब्बास शाहंशाह अकबर की बगल में एक दूसरे आदमी को देखने लगा। दमकता हुआ चेहरा। गले में मोतियों की माला। गाल के नीचे पान की गिलौरियाँ दबाये हुए, होंठों पर मुस्कुराहट। कितनी चमकदार उनकी पोशाक थी। अरे, यह तो लखनऊ के आखिरी नवाब वाजिदअली शाह हैं। वाजिदअली शाह और इस नाचीज के सामने। अब्बास हक्काबक्का उनकी ओर देखने लगा। अब्बास से सुना, वे पहले से ही कुछ कह रहे थे, "मैं भी कीमती से कीमती चावल का पुलाव खाता था। मगर सबसे कीमती चावल भी मेरे लिए रुपए में आठ सेर का आ जाता था। तुम्हारी तरह का पचास रुपए मन का मामूली चावल! ओह, कितने खुशकिस्मत हो तुम। मैं अगर इस भाव चावल खरीदा करता तो वह मेरी हिमाकत समझी जाती। मैंने तो कभी भी—लाओ तो, एक लुकमा मैं भी देखूँ।"

वाजिदअली शाह ने उसकी थाली की ओर हाथ बढ़ाया तो अब्बास के जी में आया कि वह खुदकुशी करके मर जाए। मगर वाजिदअली का सिर्फ हाथ ही बढ़ा। वे नजर नहीं आए, फिर हाथ भी नहीं दिखलाई दिया।

मेरी खुराक का स्टैंडर्ड वाजिदअली शाह और शाहंशाह अकबर से भी बढ़ा हुआ है। वह बेवकूफ की तरह आप ही आप ही–ही–ही–ही हँसने लगा।

सहसा उसने सिर उठाया। उसकी औरत जलवा कह रही थी, "अय नौज, यह हवन्नक की तरह क्या हँस रहे हो जी! खुदा कसम, तुम्हारी यह बेवकूफों की–सी हरकतें हमें अच्छी नहीं लगतीं।"

काम की बात

हर आदमी का अपना-अपना काम होता है। कोई कुछ करता है, कोई कुछ। हर आदमी अपने काम में लगा है, और दुनिया चलती जाती है। आदमियों का अन्त नहीं और काम का भी अन्त नहीं। मगर औरों की अपेक्षा मेरा काम कुछ निराला है। मैं लिखने का काम करता हूँ। अच्छा, बुरा, जो भी, जैसा भी, लिखता जाता हूँ। किसी को पसन्द होता है, कोई नापसन्द करता है; मगर लिखते जाना मेरा काम है। कभी-कभी काम फैल जाता है। लिखते-लिखते उसके आदि-अन्त, ओर-छोर का भी पता नहीं चलता।

उस दिन काम में लगा हुआ था कि नौकर ने आकर कहा, "बाबूजी, चलिए; खाना तैयार है।"

मैंने काम पर सिर झुकाये हुए ही उत्तर दिया, "जरा काम खत्म हो जाए तो आता हूँ।"

नौकर गया। उसके बाद न जानें कितना समय बीता कि फिर आ गया। बोला, "बाबूजी, चलिए; खाना तैयार है।"

मैंने उसी तरह काम करते हुए कहा, "जरा काम तो खत्म कर लूँ। फिर आता हूँ। तुम चलो।"

नौकर गया नहीं कि एक आदमी जोरों से हँसता हुआ कमरे में घुस आया। उसकी हँसी ने अवहेलना और उपेक्षा का भाव था। मन खीझ उठा। सिर उठाकर देखा तो वह आदमी मेरी ओर देखकर ही हँस रहा था। बड़ा बुरा मालूम हुआ। चिढ़कर पूछा, "तुम कौन हो जी ?"

उसने कहा, "मुझे पहचानते नहीं! मैं काम हूँ।"

"काम हो तो इससे क्या। तुम इस तरह हँसते क्यों हो ?"

वह बोला, "माफ कीजिएगा, हँसी आ गई।"

"क्यों ?"—मैंने पूछा।

उसने कहा, "अभी आप मेरी ही बात कर रहे थे। कर रहे थे न ?"

मैंने कहा, "हाँ, मैं कह रहा था कि काम खत्म कर लूँ तो खाने के लिए आता हूँ।"

काम ने कहा, "इसी बात पर तो मुझे हँसी आ गई।"

अचम्भे से पूछा, "ऐसा क्यों?"

काम कहने लगा, "आप कह रहे थे कि काम को खत्म कर लूँ...मगर आप मुझे क्या खत्म कर सकते हैं? आपको मालूम होना चाहिए कि मैंने ही कितनों-कितनों को खत्म कर दिया है। कोई मुझे क्या खत्म कर सकता है!"

और वह फिर जोरों से ठठाकर हँस उठा।

खेसारी का भाव

उस कमरे को यंत्र से ठंडा किया गया था। दरवाजे पर रेशमी छींट के पर्दे पड़े हुए थे। वहाँ की दीवारों पर संसार के श्रेष्ठ चित्रकारों के चित्र लटक रहे थे। वहाँ की आलमारियों में संसार के श्रेष्ठ साहित्यकारों की रचनाएँ दिखलाई दे रही थीं। वहाँ अभी खेसारी का मोल-तोल चल रहा था।

बात काफी देर पहले से हो रही थी।

गणेश गुप्त के फुंसी भरे चेहरे पर व्यग्रता की झलक थी। वे कह रहे थे, "देखिए आनन्द बाबू, इस तरह दाम न कसिये। पाँच परसेंट ज्यादा देने में तो मैं लुट जाऊँगा। बीस हजार मन की तो बात है। उसी पुराने हिसाब से दे दीजिए। फिर मेरा बहुत-सा माल अमेरिका से आ रहा है। अगर कहिएगा तो उसमें आपका फायदा करा दूँगा।"

मगर आनन्द बाबू पेड़ में कटहल देखकर होंठों पर तेल लगानेवाले आदमियों में नहीं थे। कुछ बोलने से पहले उन्हें गले की गाँठ ठीक कर लेने की आदत थी; सो टाई ठीक करके बोले, "गुप्ताजी, इस बार खेसारी के भाव में जान-बूझकर पाँच परसेंट बढ़ाना पड़ा है। बात यह है कि..."

गुप्ताजी की कल्पना की आँखों के सामने पाँच परसेंट का एक बहुत ही भयानक चित्र खींच गया। वह चित्र बहुत ही बढ़ा होकर फैलने लगा। वे सहसा घबड़ा कर बोल उठे, "ऐसा न कीजिए, आनन्द बाबू, मुझे मालूम था कि आपके पास खेसारी का स्टॉक है। मिलिटरी में एक बहुत बड़ी सप्लाई मिल गई। मैंने उसी भाव पर आर्डर ले लिया। मगर पाँच परसेंट!..." गुप्ताजी के सामने पाँच परसेंट का वह भयानक चित्र फिर उभर आया और वे कुछ भी नहीं बोल सके।

आनन्द बाबू ने कहा, "इसी साल मुझे अपनी लड़की का विवाह करना है। विवाह में हम लोगों का जो खर्च होता है वह आप जानते ही हैं। लाखों के बारे-न्यारे हो जाते हैं। आप समझते ही हैं...लाचारी है...!"

गुप्ताजी बोले, "इसीलिए तो मैं कह रहा हूँ कि मेरा माल अमेरिका से आ जाने दीजिए। उसमें आपका डौल बैठा दूँगा।"

आनन्द बाबू टाई की गाँठ ठीक करते हुए बोले, "सो मैं आप लोगों से बाहर नहीं। आज तीस साल से आप लोगों के साथ कारबार है। ऊँचा-नीचा किसी तरह का हिसाब बैठा लिया जाता। मगर लड़की की शादी...अगर पाँच परसेंट की भी गुंजाइश न रखूँ तो..."

बात बहुत स्पष्ट थी। इससे अधिक बोलने की कोई जरूरत नहीं समझी गई।

गुप्ताजी ने फिर कहा, "वही तो मैं भी कहता हूँ। अमेरिका से मेरा माल आ जाता तो इधर की कसर उधर निकल जाती।"

आनन्द बाबू ने कहा, "मगर मुझे तो इसी सामनेवाले महीने में लड़की की शादी करनी है। रुकना भी किसी तरह सम्भव नहीं।"

गुप्ताजी के चेहरे पर निराशा छा गई, फिर सहसा उनकी दोनों आँखें चमक उठीं, चेहरा उत्फुल्ल हो गया। बोले, "वैसे तो मेरा भी एक लड़का है...बी.ए. फाइनल दे चुका है...अब सोचता हूँ कि ज्यादा पढ़कर क्या करेगा। रिजल्ट निकलते ही उसे कारखाने का मैनेजिंग डायरेक्टर बना दूँगा। अगर आपकी पसन्द हो तो..." उन्होंने खेसारी के भाव में पाँच परसेंट कम करने की बात नहीं कही।

आनन्द बाबू अपनी टाई की गाँठ पकड़कर बोले, "पसन्द क्यों नहीं होगा। लड़की ने भी अभी आई.ए. का फाइनल दिया है। देखने-सुनने में अच्छी है।"

अपनी लड़की की तारीफ उन्होंने इस तरह की मानो स्टॉक में पड़ी हुई खेसारी की तारीफ कर रहे हों।

इस तरह उस दिन खेसारी का भाव पक्का हो गया। अब मिलिटरी में खेसारी सप्लाई हो जाएगी और वहाँ के खच्चरों को दाना मिला करेगा।

मध्यान्तर

सामने तरंगों से भरा समुद्र है। अपार बालू के ढेर पर तरंगें लोटती हैं। बराबर यह क्रम चलता रहता है। लगता है जैसे यह विशाल सागर अपनी तरंगों के द्वारा ही साँस लेता है। कभी ज्वार उठती है, कभी भाटा आते हैं। छोटा-सा समीर बड़ी-बड़ी बातें सोचता है। सोचता है कि वह इतना हलका होता कि समुद्र की तरंगों पर बैठकर सैर करता। सागर के बीचोंबीच वह एक चमचम महल बनवाता। उसकी चमक लोग देखते तो वाह-वाह करते। मगर समीर अभी छोटा है। उसे तो इसी बात के लिए मना कर दिया गया है कि देखना, समुद्र के निकट कभी मत जाना!...वह डरता है। समुद्र में तरह-तरह के जीव रहते हैं। बड़े-बड़े जीव, जो लोगों को चट कर जाते हैं। फिर भी सागर उसे बहुत ही रहस्यमय मालूम पड़ता। उसके पास एक दूरबीन है। वह अपने घर की छत पर चला जाता और दूरबीन लगा कर दूर-दूर तक देखता। उसे माँझियों की नौकाएँ दिखलाई पड़तीं। बहुत दूर पर बेतहाशा धुआँ उगलता हुआ जहाज जाता दिखलाई देता। समीर को लगता कि यह जहाज समुद्र का रहस्य खोजने के लिए निकला हुआ है और उसे समुद्र के बहुत-से रहस्यों का पता है। वह चाहता कि बड़े होकर वह समुद्री जहाज पर काम करेगा। अरे वाह, बड़ा मजा है समुद्र के बीच से होकर चलने में।

समीर का घर समुद्र के सामने है। उसके पिता व्यापारी हैं। अक्सर समुद्र के पार ही रहते हैं। जब आते हैं तो उसके लिए तरह-तरह की चीज लिए हुए आते हैं। समीर को जापानी खिलौने बहुत पसन्द हैं। वह मन ही मन अफसोस करता है कि उसके पिता जापान की ओर ज्यादा क्यों नहीं जाते।

वह देखता है कि समुद्र के किनारे काली-काली डोंगियाँ खड़ी होती हैं। बहुत-से मर्द, बहुत सारी औरतें, तरह-तरह के अनगिनत बच्चे। औरतें तो किनारे पर ही रह जाती हैं और मर्द डोंगियों पर चढ़कर समुद्र के बीच चले जाते हैं। कभी उनका जाल हवा में लहराता हुआ नजर आता और समुद्र में डूब जाता। फिर वे जाल को खींचते। जब नावें वापस आतीं तो औरतें भी न जाने कहाँ से आकर जुट जातीं। नाव के भीतर से चाँदी की तरह मछलियाँ निकाल-निकाल कर बालू में फेंकी जाने लगतीं। मछलियों की ढेर लग जाती। ओह! कितनी मछलियाँ हैं। इतनी

सारी मछलियों से बेअन्दाज पैसा मिलता होगा। उसके बाप इस तरह पैसा कमाना नहीं जानते। अपने पास वे पैसा रखते भी नहीं। कहते हैं कि मैं बैंक में पैसे रखता हूँ। अपना पैसा बैंक को क्यों दे देते हैं? मैं माँझियों की तरह कमाऊँगा। सारा समुद्र खरीद लूँगा और समुद्र में अकेला ढेर-ढेर मछलियाँ मारा करूँगा। उसके घर के फाटक पर बन्दूक लेकर एक ईरानी पहरा देता रहता है। वह समीर को फाटक से बाहर निकलने भी नहीं देता। समीर चाहता है कि वह बाहर निकल जाए और बालू पर उसी तरह दौड़ता और खेलता रहे जिस प्रकार माँझियों के लड़के खेला करते हैं। वह चाहता है कि माँझियों के बच्चों से मिलकर इस बात का पता लगावे कि वे समुद्र के बारे में कितना जानते हैं। उनकी माँ के गले में मोतियों का हार है। समीर ने सुना कि समुद्र में ही मोती मिलते हैं। समीर ढेर-सारी मोतियाँ बटोर लेगा। किसी को नहीं देगा।

ईरानी दरबान को बुत्ता देना आसान नहीं है। मगर पिछले दरवाजे से अगर आदमी चल दे? सुपारी के पेड़ों के नीचे जो एक छोटा-सा फाटक है उससे निकल जाना आसान होगा।

सो समीर समुद्र के किनारे बालू पर दौड़ता हुआ पकड़ा गया है। उसके पिता क्रोध में हैं। उसकी माँ व्याकुल हो रही है कि हाय भगवान्, उसके समीर को आज न जाने क्या हो जाता। यह तो खैर कहो कि ईरानी की नजर उस पर पड़ गई। वह कहता है कि समीर समुद्र की तरंगों के बिल्कुल पास चला गया था। हाथी की तरह तरंगें। हे राम, तुम्हीं रक्षा करनेवाले हो।

समीर के दोनों कान गर्म कर दिए गए हैं। वह रो रहा है। उसके पास मोतियों की माला होगी तो वह पिताजी को नहीं देगा। अगर सम्भव हो सका तो समीर अपने घर के भीतर ही एक छोटा-सा समुद्र बना लेगा। तब पिताजी क्या करेंगे? छिः, पिताजी बड़े खराब हैं। वे सिगरेट पीते हैं। वे चश्मा लगाते हैं। वे जोर से बोलते हैं। मुझे डाँटते हैं। अपनी जेबघड़ी मुझे काम से लगाने नहीं देते।

साँझ को दरवाजे पर एक मोटर आकर लगी। समीर को उस मोटर का रंग बहुत पसन्द आया। उस गाड़ी से उतरनेवाले आदमी से पूछा, "यह आपकी मोटर है?"

"हाँ!" — आनेवाले ने मुस्कुराकर कहा और समीर की पीठ थपथपाने लगा।

समीर ने कहा, "मैं भी बड़ा होकर ऐसी ही मोटर खरीदूँगा।"

वह आदमी हँसने लगा। उसकी हँसी मोती की तरह चमक गई। उसके दाँत बड़े अच्छे थे। समीर ने पूछा, "आप मेरे कौन लगते हैं?"

उसने कहा, "कोई नहीं!"

समीर को अचम्भा हुआ। जब यह मेरा कोई नहीं लगता तो मेरे यहाँ क्यों आया है? उसने पूछा, "अच्छा, मैं आपका कौन लगता हूँ?"

"कोई नहीं!" —उसका एक ही उत्तर था।

समीर ने चौंककर पूछा, "तब आप मेरे यहाँ क्यों आए हैं?"

उसने कहा, "मैं डॉक्टर हूँ। तुम्हारे पिताजी को देखने आया हूँ।"

यह तो और भी अचम्भे की बात है। पिताजी छत पर हैं। भले-चंगे हैं। भला उन्हें क्या बीमारी है जो डॉक्टर आया है?

मगर उसके पिताजी सचमुच बीमार हैं। डॉक्टर चला गया है। दवाखाने से तरह-तरह की शीशियाँ आई हैं। लाल रंग की शीशी, चाकलेट रंग की शीशी, एक शीशी गहरे नीले रंग की है। पिताजी दवा खा रहे हैं। कहीं आते-जाते नहीं। बुझे-बुझे रहते हैं। उनकी भृकुटियाँ तनी रहती हैं। वे समीर को डाँट देते हैं। बिना किसी वजह के डाँट देते हैं। ठीक है पिताजी, अच्छे हो लीजिए; तब मैं बतलाऊँगा कि लड़कों को बेकार डाँटना ठीक नहीं होता।

माँ उदास रहती हैं। सुना है मामा की मृत्यु हो गई। पिताजी की बीमारी के कारण माँ नहीं जाने पाईं। अच्छा जी, मृत्यु किसे कहते हैं? मृत्यु से क्या होता है? लोग बीमार क्यों पड़ते हैं? यह सब क्यों है?

उस बात के पैंतालीस वर्ष बीत गए हैं। अब समीर जानता है कि बीमारी किसे कहते हैं। वह मृत्यु को भी जानता है। बीमारी से तकलीफ होती है और मृत्यु से सर्वनाश हो जाता है। समीर बड़ा आदमी हो गया है। वह अपने बाप से ज्यादा धनवान है। वह अपने बाप से भी ज्यादा बीमार रहता है। कहीं आता-जाता नहीं। केवल टेलीफोन से ही बातें करता है। सारी जिन्दगी सिमटकर जैसे टेलीफोन में ही समा गई हो। कभी वह टेलीफोन में बातें करके प्रसन्न हो जाता है। कभी घबराकर कलेजा पकड़ लेता है। उसे भी अपने बाप की तरह धड़कन की बीमारी है। उसके कलेजे में भी असहनीय दर्द उठ जाता है।

घर में माँ नहीं, बाप नहीं; मगर समुद्र के किनारे चमचमाता हुआ वही घर है। अब समीर ही इस घर का मालिक है। अब वह दूरबीन लेकर छत पर नहीं जाता। समुद्र में तिरती हुई नौकाओं को देखने में उसे कोई मजा नहीं मिलता। माँझियों के काले-कलूटे फटेहाल बच्चों को देखकर उसे उबकाई आती है। सारी जिन्दगी नीरस हो गई है। इस जिन्दगी में कोई लज्जत नहीं। फिर भी हँसना पड़ता है, बोलना पड़ता है। हे भगवान्! तुमने जिन्दगी भी दी तो यह कैसी जिन्दगी दे-दी?

आज समीर के दरवाजे पर शहनाई बज रही है। आज उसकी लड़की मनोरमा का विवाह है। सिंगापुर से बारात आई है। लड़का बड़ा अच्छा है। विशाल व्यापार। लड़की सुखी घर में जा रही है। दूर है तो उससे क्या हुआ? सिंगापुर बराबर आना-जाना लगा रहता है। अभी हवाई-जहाज पर बैठो और शाम को सिंगापुर। बड़े भाग्य से ऐसा घराना मिला है। लड़का इतना सुन्दर है कि देखनेवाला देखता ही रह जाए। सुनने में आया है कि पोलैंड की किसी कम्पनी के सहयोग से मद्रास में एक

कारखाने की स्थापना कर रहा है। तब लड़का भारत में ही आ जाएगा। तब बड़ा अच्छा होगा। समीर की प्रसन्नता की सीमा नहीं रही। वह बहुत प्रसन्न है। रुस्तम जी आए हैं, आदिल सेठ आए हैं। समीर हँस-हँसकर सबका स्वागत कर रहा है। शहनाई दुर्गा राग बजा रही है, किन्तु समीर का ध्यान उस ओर नहीं है। वह पोचवाला से बातें कर रहा है जो नगर के बड़े रईस हैं। समीर के समान भाग्यशाली कौन होगा?

टेलीफोन की घंटी बजने लगी है। आदमी ने आकर सूचना दी कि ऑफिस में टेलीफोन आया है। समीर झल्ला उठा, "मैंने कह दिया है कि जब तक शादी-ब्याह का हंगामा है तब तक ऑफिस से कोई बात नहीं हो सकती।"

"मगर सा'ब, कहता है जरूरी है। सेठ से ही बातें करेगा।"

समीर टेलीफोन के पास गया।

"हलो!"

"बुरी खबर है सेठ! हमलोगों का जो जहाज अरब से खजूर लेकर आ रहा था, वह अदन तक ठीक आया, मगर उसके बाद पता नहीं चलता। ऐसा बोलता है कि जहाज डूब गया।"

समीर को दिल बैठता हुआ-सा मालूम पड़ा। उसे लगा कि जहाज क्या डूबेगा कि वह स्वयं डूब रहा है। सिर चक्कर खा रहा था। कानों में झाँ-झाँ आवाज आ रही थी। वह डूब गया है, डूबा जा रहा है। दौड़ो, पानी लाओ। छींटे दो।

समीर ने आँखें खोलीं। एक मुर्दा मुस्कुराहट उसके होंठों को छूकर चली गई। उसका चेहरा कफन की तरह हो गया। उसने कहा, "छोड़ दो, सब ठीक है!"

मगर वह जानता है कि सब गलत है। कुछ भी ठीक नहीं है। वह जानता है कि उसका हृदय यह धक्का बरदाश्त नहीं कर सकेगा। महीनों बिस्तर पर पड़ा रहना होगा, लाल, नीली, हरी और चाकलेट रंग की शीशियाँ। उसने कहा, "डॉक्टर को फोन कर दो। मैं आराम करूँगा।"

उसने आदिल सेठ से छुट्टी ली, रुस्तमजी से क्षमा माँगी। पोचवाला को पहुँचाने के लिए फाटक तक गया। उसके बाद जब वह भीतर जा रहा था तो उसकी पत्नी बदहवास-सी बाहर चली आ रही थी। क्या बात है?

पत्नी ने कहा, "एक घंटे से मनोरमा का पता नहीं। न जाने कहाँ चली गई।"

समीर ने घृणा से मुँह सिकोड़ लिया। बोला, "होगी यहीं कहीं। कहाँ जाएगी!"

"मगर वह तो चली गई!" पत्नी ने कहा, "मुझे उसकी चिट्ठी मिली है।"

पत्र में लिखा हुआ था :

"माँ, तुमने तनिक भी मेरे हृदय को समझने का प्रयत्न नहीं किया। आदमी अपने पाले हुए कुत्ते और बिल्ली की भी परवाह करता है, मैं तुम्हारी बेटी थी। जहाँ तुमने मेरा विवाह ठाना है वहाँ मैं सुखी नहीं हो सकती। मुझे कोई शिकायत नहीं,

परन्तु मैं अपना भला-बुरा समझने लायक हो चुकी हूँ। मैं अपने सुख की खोज में जा रही हूँ। मुझे भूल जाना।

तुम्हारी बेटी,
मनोरमा।''

अब क्या होगा? बारात वापस चली जाएगी। लोग क्या कहेंगे? समाचार-पत्रों में यह बात छपेगी। सारे देश के लोग मुझ पर थूकेंगे। क्या रही मेरी इज्जत!

पत्नी ने कहा, ''सारी बदमाशी उसी किशोर की है। उसी ने मनोरमा को भगाया है। हवाई अड्डे पर फोन कर दो। शायद वे लोग अमेरिका जाने की तैयारी कर रहे होंगे।''

समीर का सिर घूम रहा था। उसे लगता था कि वह तलमलाता हुआ भी खड़ा नहीं रह सकेगा। वह अपनी पत्नी की ओर फटी आँखों से देखता हुआ चिल्ला उठा, ''डाकिनी कहीं की, शैतान! मेरे सामने से चली जा।''

उसका सिर घूम गया है। वह बेहोश होकर गिर पड़ा।

अब वह अपने घर की छत पर बैठा है। फटी-फटी आँखों से देख रहा है। उसकी आँखें खुली हुई हैं। वह घर के सामने के समुद्र की ओर देख रहा है। दूर पर माँझियों की नाव तैर रही हैं। वे मछली मार रहे हैं। पर वह इन-सब कुछ को नहीं देख पाता। वह अपने जीवन के मध्यान्तर को देख रहा है। उसने समुद्र को देखा जो नमकीन है और जो रहस्यों से भरा है। मगर अब वहाँ कोई भी रहस्य नहीं बच रहा। वह समुद्र उसके खजूर से भरे हुए जहाज को निगल जाता है। वह समुद्र पिशाच है। व्यर्थ है वह समुद्र, जहाँ माँझियों की नावें तैर रही हैं। उसका जीवन ही व्यर्थ है। जीवन का यह मध्यान्तर...सब-कुछ व्यर्थ है। इस जीवन का क़ोई अर्थ नहीं। न जाने मनोरमा कहाँ होगी। न जाने उसने जीवन का क्या अर्थ समझा है। उसका जीवन खजूर लदे हुए जहाज के समान डूब गया है। यही जीवन का मध्यान्तर है। कैसा है यह मनुष्य का चोला!

...उसे याद आने लगा कि वह बचपन में पीछे की ओर से समुद्र के किनारे भाग गया था। इसके लिए उसके पिता ने कान उमेठ दिए थे। आज अपने जीवन के मध्यान्तर में उसे उन माँझियों के जीवन से ईर्ष्या होने लगी जो बीच समुद्र में जाकर तन तोड़ते हैं, मछली मारते हैं, शाम को गीत गाते हैं और शराब पीते हैं। उनकी बेटी अगर भाग जाती है तो वह घटना भी इन्हें विचलित नहीं कर पाती। होनी को वे चुपचाप स्वीकार कर लेते हैं। बारातवालों से अब क्या कहा जाएगा? उसका सिर फिर चकराने लगा। उसे जीवन से कोई मोह नहीं रहा। वह आदर के साथ मृत्यु का स्वागत करेगा जिस प्रकार वह आदिल सेठ का स्वागत करता है।

नैहर और ससुराल

पुराने समय में यह कहानी बहुत कही और सुनी जाती थी। मगर अब धीरे-धीरे लोग इसे भूल चले हैं, सम्भव है आगे चलकर लोग इसे बिल्कुल भूल ही जाएँ। अच्छा यही होगा कि इस कहानी को लिपिबद्ध करके रख लिया जाए। अगर लोग भूल भी जाएँगे तो यह कहानी कहीं-न-कहीं कागजों में पड़ी रह जाएगी।

कहते हैं कि किसी गाँव में रेशमी नाम की एक लड़की थी। उसकी सुन्दरता ऐसी कि रूप देखकर आँख झिप जाती थीं। अमावस की तरह काले केश, मूँगे की भाँति होंठ और परिबा के चाँद की तरह मुस्कुराता मुखड़ा। वह चलती थी तो लगता था जैसे हंसिनी चली जा रही है। अपने छोटे-से उदास गाँव में वह पोस्ता के फूल की भाँति अच्छी मालूम होती थी। लोग कहते थे कीचड़ में कमल खिला है।

मगर जहाँ दिन है वहीं रात है। रेशमी के माँ-बाप बड़े गरीब थे। गरीबी ऐसी कि जिसका कुछ ठौर-ठिकाना नहीं। इतनी गरीबी थी कि खाने का भी ठिकाना नहीं था। उसका बाप एक कंजूस आदमी के यहाँ चरवाहा था। माँ जहाँ-तहाँ खेतों में कुछ काम करती। सो काम भी बराबर नहीं रहता। एक छोटा भाई था। वह भी अपने बाप के साथ बकरी चराने जाता था। इसी तरह किसी तरह गरीबी के दिन गुजर रहे थे।

रेशमी थी तो ईमानवाली लड़की। अपने घर की गरीबी उसे अखरती थी। वह सोचा करती कि अगर मैं अपने बाप को धन से सुखी न कर सकूँ तो मेरा जन्म वृथा है। वह लड़की ही क्या जो अपनी माँ को धनी न बना सके। वह बहिन ही कैसी जिसका भाई गरीबी में गुजारा करे। रेशमी अक्सर सोचा करती कि जब मैं बड़ी होऊँगी तब किसी राजा के लड़के से ब्याह रचाऊँगी। तब राजपुत्र आवेगा और मेरा घर मोतियों से भर देगा। फिर माँ-बाप को कोई कष्ट नहीं होगा। सुख के दिन आ जाएँगे। तब मैं खुशी-खुशी अपनी ससुराल चली जाऊँगी और राजपुत्र के साथ रानी बनकर अपनी दुनिया बसाऊँगी। मेरे माथे पर हीरों का जड़ाऊ मुकुट हँसेगा और मेरे होंठों पर मुस्कान थिरकेगी।

और क्रमशः उसकी ये कल्पनाएँ लम्बी होती गईं। दिन आते गए और रात बीतती गईं। न राजपुत्र आया, न किसी ने रेशमी से अपना ब्याह ही रचाया। अब

वह बहुत बड़ी हो गई थी, ब्याह की उम्र को भी पार कर रही थी और उस टूटे घर में कंचन की बहुत बड़ी राशि के समान अरक्षित दिखलाई देती थी। रेशमी की पलकें कल्पना के भार से झुकी रहतीं। काश, कोई राजकुमार होता जो उसके लिए वहाँ आ जाता।

और दिन बीतते जाते थे। रिमझिम-रिमझिम बरसात आती और गरजती-बरसती चली जाती। बरसात में खीरा के फूल खिलते और शरद् में धान के खेत झुनझुना की भाँति बजते-बजते कट जाते। बसन्त आता और फूलों में खिलकर खिलखिलाकर ग्रीष्म की तपन में मुर्झा जाता और गिर पड़ता। बैसाख में लहराती हुई हवा आती थी और जेठ में तूफान बनकर गरजने लगती थी। भागे हुए भूले-भटके बादलों को जाने कहाँ से पकड़कर आषाढ़ लिए आता और मोती के समान बूँदें बरसा देता। प्रतीक्षा अब असाह्य हो चुकी थी। रेशमी की आँखों से भी मोती झरझरा पड़ते। उसी भाँति के गरीबी के दिन थे, राजपुत्र अभी तक नहीं आया था और रेशमी स्वयं विकल थी।

एक दिन रेशमी के मन में अल्हड़ जवानी का झोंका आया तो वह वन में चली गई। उसने सुना था कि जंगल में राजपुत्र शिकार खेलने आते हैं और वहाँ उनसे भेंट हो सकती है। जंगल में जाकर उसने अमलताश के फूलों से अपने को सजाया, कचनार के फूलों का हार बनाया, शाल के राशि-राशि फूलों को उसने तोड़-तोड़कर बरबाद कर दिया और उसके बाद धवई के फूलों से खेलने लगी।

एक युवक उसकी इन अठखेलियों को देख-देखकर मुग्ध हो रहा था। जब एक शिलाखंड पर बैठी हुई रेशमी अपने आप में अधीर हो रही थी, उसकी पलकें झुकी हुई थीं, तब वह उसके सामने प्रकट हुआ। रेशमी को इंगित करके उसने कहा, ''प्यारी रेशमी, तुम्हारे जूड़े के फूल जिस तरह खिले हुए हैं उसी तरह उससे भी प्रतिस्पर्द्धा करनेवाला तुम्हारा मुखड़ा क्यों बेतरह मुर्झाया हुआ है?''

रेशमी ने तिनककर कहा, ''राहगीर हो, तुम अपनी राह आए हो, अपनी राह चले जाओ। मुझसे तुम्हारा क्या मतलब?''

उसने कहा, ''प्यारी सखी, मैं राही नहीं। पड़ोस के गाँव में मेरा घर है। हम तुम चकवा-चकई की तरह नदी के दोनों ओर रहते हैं।''

रेशमी ने मुँह फेर कर कहा, ''मुझे छेड़ने का तुम्हें कोई अधिकार नहीं।''

वह युवक रेशमी के बिल्कुल पास चला गया और बरजोरी उसका मुँह अपनी ओर करके बोला, ''मैं चाहता हूँ कि तुम्हें छेड़ने का अधिकार मुझे मिल जाए। रेशमी, मैं तुम्हारे साथ विवाह करना चाहता हूँ।''

रेशमी तड़प उठी, ''तुम कौन हो? तुम्हारी हैसियत कितनी है? तुम्हारे पास धन कितना है?''

युवक ने मुस्कुराकर कहा, "मेरा नाम है रीझन। दस बीघे जमीन की हमारी हैसियत है। धन मेरे पास बहुत नहीं, सिर्फ बीस कोड़ी रुपए हैं।"

"तब मुझसे विवाह करने के लायक तुम नहीं। मेरे साथ वही विवाह करेगा जो मेरे बाप-भाई को धनवान बना सकेगा", रेशमी ने इठलाकर जवाब दिया।

रीझन ने कहा, "आदमी अपने भाग्य से धनी होता है। तुम्हारे माँ-बाप को धनी बना सकने का मुझमें सामर्थ्य नहीं। हाँ, तुम मेरे घर की मालकिन बनकर उन्हें धनी बना सको, तो दूसरी बात है।"

रेशमी ने सिर हिला दिया, "ऊँ हूँ।"

और उस दिन बात भंग हो गई।...दूसरे दिन फिर बात भंग हुई, तीसरे दिन भी बात भंग हो गई, चौथे दिन...पाँचवें दिन...छठे दिन...बराबर बात भंग होती गई। सातवें-आठवें दिन भी बात भंग हुई। रेशमी तिनक कर चली गई, "मुझसे कभी ऐसी बात न कहना।" फिर नवें दिन दोनों की शादी हो गई।

ससुराल में जाकर रेशमी ने देखा कि उसका पति अगर राजपुत्र नहीं है तब भी कोई हर्ज नहीं। खाने-पीने की चीजों की कमी नहीं। भंडार में जाकर रेशमी ने देखा जौ है, खेसारी है, मूँग है, मसूर है...रीझन धन्य है। खूब पैदा करता है। रीझन के लिए रेशमी अपने मन में प्रीति से भर उठी।

दूसरे दिन उसने अपने भाई को बुलाया और तराजू लेकर बैठ गई। उस दिन रेशमी ने इतना अनाज तौला जितना उसने जीवन में कभी नहीं तौला था। तमाम अन्न अपने भाई को देकर बोली इन्हें बैलों पर लादकर घर लेते जाओ। थोड़ी देर बाद रीझन को यह समाचार मालूम हुआ। सुनते ही उसका कलेजा धक्-से हो गया। रेशमी के पास जाकर उसने पूछा, "क्यों रेशमी, तुमने सारा अनाज नैहर भेजवा दिया?"

"सारा अनाज तो नहीं, आधा ही भेजा है। आखिर उन लोगों की बरसात कैसे कटेगी?"

रीझन ने कहा, "मगर बरसात तो मेरे सिर पर भी सवार है। मेरे यहाँ क्या होगा?"

रेशमी ने गर्व से जवाब दिया, "खाने-पीने को हम लोगों के पास बहुत अनाज पड़ा है। आखिर हम लोग कितना खाएँगे?"

रीझन कहने लगा, "सिर्फ अपने खाने भर को ही अनाज नहीं चाहिए। खेत में बीहन भी उसी अनाज से दिया जाता है। खेत में जो मजदूर काम करते हैं उनकी मजदूरी भी अनाज के रूप में ही चुकाई जाती है।"

रेशमी ने कटाक्ष का बाण छोड़कर कहा, "जहाँ तुम हो, वहाँ मुझे किसी बात की फिक्र नहीं। तुम कमानेवाले हो, मैं लुटानेवाली हूँ। नैहर के लोग तकलीफ में रहें, यह मुझसे देखा नहीं जाएगा।"

रीझन चुप हो गया।

उस दिन रेशमी का मन सावन की नदी की तरह उमड़ा हुआ था। मालूम होता था जैसा उसका ओर-छोर सब-कुछ भर गया है और वह लहराती हुई अगाध सुख के भविष्य में प्रवेश करने जा रही हो। रेशमी की तृप्ति आँखों में चमक उठती थी, मुस्कान में बिजली की भाँति दिप जाती थी।

रात को रीझन जब सोने गया तब देखता है कि चारपाई पर बदबूदार पुराना परित्यक्त फटा हुआ बिछावन पड़ा है। उसका अपना वह सुन्दर बिछावन कहाँ गया?

रेशमी ने कहा, "देखते क्या हो, बिछावन मैंने अपने भाई से नैहर भेज दिया है। वे लोग फटी हुई चटाई बिछाकर जमीन पर सोते हैं, यह मुझसे देखा नहीं जाता। मेरे माता-पिता जमीन में सोयें और मैं सुन्दर बिछावन पर आराम करूँ? धिक्कार है मुझको। मैंने उसे नैहर भेज दिया। अब तुम बिछावन ला दोगे तो मैं आराम से सोऊँगी।"

रीझन मन मारकर चुप हो गया। उसे रेशमी का यह व्यवहार अच्छा नहीं लगा। रेशमी की सुन्दरता उसे फूल की भाँति मालूम होती थी, लेकिन अब उसका व्यवहार रीझन के मन में काँटे की तरह गड़ने लगा।

दूसरे दिन रीझन तड़के उठा। खोजता है तो उसका कुर्ता ही नहीं मिलता। रेशमी को जगाया तो वह चिड़चिड़ाती हुई बोली, "बड़े कुर्तेवाले हैं। हमारे बाप-भाई फटा-पुराना पहनें और ये रेशमी पहन कर निकलेंगे। मैंने उसे नैहर भेज दिया।"

लाचार रीझन ने अपना वही पुराना कुर्ता पहना और वहाँ से बाहर निकल गया। उस समय मुर्गे बाँग दे रहे थे। पूरब के आसमान में लाली दौड़ रही थी। अब वह दुःखित-व्यथित बहुत ही अधिक मन लगाकर अपने खेत का काम कर रहा था। उसे भय था कि अगर ज्यादा काम नहीं करे तो पूरा पड़ना मुश्किल है। मन के अरमान चोट खाये हुए काँच की तरह फूट-टूट गए थे।

मगर जिस किसी से भेंट हुई सबने रीझन को ऐसी सुन्दर और सुशील स्त्री पाने के लिए बधाई दी। अहा, बिजली जैसी सुन्दर स्त्री है, वैसी ही सुशील और वैसी ही सती। रीझन सुनता गया और मन ही मन मुस्कुराता गया। अगर वह ज्यादा परिश्रम न करे तो भंडा ही फूट जाए।

दोपहर में जाने के लिए घर आया तो पत्तल पर भात मिला। रीझन कुपित होकर बोला, "घर में इतनी-इतनी थालियाँ थीं—क्या हुईं?"

रेशमी ने कहा, "दो ही थालियाँ तो हैं। बाकी मैंने नैहर भेजवा दी, वहाँ अच्छी तरह रहेंगी।"

रीझन ने पूछा, "क्या थालियाँ इस घर में नहीं रह सकती थीं?"

रेशमी बोली, "अजी चोर-चकार का कौन ठिकाना। घर में अकेली रहती हूँ। कोई चुरा ले, तब? इस गाँव के लफंगे बड़े बदमाश हैं। पीठ पीछे की कौन कहे, आँख के सामने से चीज उड़ा लेते हैं। उस गाँव के लोग अच्छे हैं। चोरियाँ नहीं होतीं।"

रीझन ने सुन लिया और चुप रह गया।

और इसी तरह दिन बीतने लगे। रीझन कड़ी से कड़ी मेहनत करता। जहाँ तक उसमें शक्ति थी वह सब कुछ करता, लेकिन न उसे आराम नसीब था और न उसने सुख का मुँह देखा। दिनोंदिन वह ऋण के दलदल में फँसता चला जाता था। हमेशा वह एकान्त चाहता और एकान्त में बैठकर लम्बी साँसें लिया करता। रेशमी उससे सब-कुछ ले लेती। किसी चीज का कोई हिसाब नहीं देती। जो भी चीज उसे पसन्द आती उसे नैहर भेज दिया करती।

मगर रीझन को रेशमी की सारी कार्रवाइयाँ बर्दाश्त थीं। वह रेशमी को प्यार करता था। अगर वह कुछ भी बोलता, तो बिचारी रेशमी का दिल दुख जाता। अपनी प्यारी पत्नी का दिल दुखाना उसे अभीष्ट न था। कभी भी किसी दिन भी रीझन ने कोई शिकायत नहीं की। वह चुपचाप सब-कुछ देखता रहा, जानता रहा और बर्दाश्त करता रहा। रेशमी जब एक बार उसकी ओर देखकर मुस्कुरा देती थी, तब वह इतने से ही कृतार्थ हो जाता था।

आश्विन का महीना था। आधी रात बीत चुकी थी। अष्टमी का चाँद आसमान से सब कुछ देख रहा था और हँस रहा था। किसी ने रीझन का दरवाजा खटखटाया और किसी ने खोल दिया। खटखटानेवाली रीझन की सास थी और खोलने वाली रेशमी। रेशमी अपनी माँ को देखकर हक्की-बक्की हो गई। बोल उठी, "माँ, तुम?"

माँ ने मुर्झाया हुआ जवाब दिया, "हाँ बेटी।"

रेशमी ने कहा, "तुम यहाँ आती-आती थक गई होंगी, माँ। आओ मैं तुम्हारे पैरों में तेल लगाकर सेंक दूँ।"

माँ ने कहा, "बेटी, मैं बड़ी विपद में हूँ। तुम्हारे भाई पर डाइन ने मंतर का बाण चला दिया है। वह बेहोश है, उसका कोई भरोसा नहीं।"

रेशमी घबराकर बोली, "यह क्या कहती हो माँ, मेरा एक ही भाई है। उसका उपाय करो। हमसे जो कुछ लेना है, ले-लो, लेकिन मेरा भाई मरने न पाये। ओझा को दिखलाओ।"

"दिखलाया है, बेटी। ऐसा उपचार बतलाते हैं जो बहुत ही मुश्किल है।"

रेशमी ने पूछा, "क्या मुश्किल?"

माँ ने कहा, "ओझा कहते हैं कि इसके बहनोई का कलेजा निकाल कर लाओ और इसके सिर पर चढ़ाओ, तो यह जी उठेगा।"

सुनते ही रेशमी ठिठक गई। उसके पति का कलेजा। वह सोचने लगी, चिन्तामग्न होने लगी।

माँ ने कहा, ''बड़ा कठिन है, बेटी। असम्भव है।''

रेशमी बोल उठी, ''कठिन नहीं है। माँ, मेरा एक ही भाई है। पति मर जाएगा तो मैं फिर दूसरा विवाह कर सकती हूँ, लेकिन भाई के मरने से दूसरा भाई नहीं पा सकती। माँ, तुम्हें मैं वही चीज दूँगी। तुम अगर खाकर न आई हो, तो बताओ यहाँ इतमीनान से खा लो। उसके बाद...''

रीझन बेखबर सोया हुआ था। आँखें बन्द थीं और होंठों पर भी एक हल्की मुस्कान। वास्तविक सुख उसे नहीं मिलता था तो सपने के सुख में बेखबर मुस्कुरा रहा था। रेशमी ने गँड़ासा उठाया और...एक विकट आर्त्तनाद...खून का फव्वारा...

उसके बाद जब माँ-बेटी रीझन का कलेजा निकालकर चलीं तो रात बहुत बीत चुकी थी। हँसता हुआ चाँद कब का मलिन होकर ओट में चला गया था। तमाम अँधेरा-सा घना हो रहा था। माँ-बेटी तारों के प्रकाश में चल पड़ीं। और दूसरे दिन रेशमी का भाई अच्छा हो गया।

इस बात को बीते काफी दिन गुजर गए। रेशमी के भाई ने ब्याह कर लिया। अब तो कई बच्चे भी हैं। रेशमी की भौजाई के सामने रेशमी की कोई कद्र नहीं। उसे दाई जैसा काम करना पड़ता है और रूखा-सूखा भोजन मिलता है। रेशमी कुपित होकर कहती है, ''मेरा ही दिया हुआ तेरा राज्य है जहाँ तुम रानी बनकर इतराती हो।''

उसकी भाभी मुँह बिचकाकर कहती है, ''जिसे तुमने दिया होगा उसे दिया होगा। मैं तुम्हारा कुछ तो नहीं जानती। तुम्हारा अपना राज्य था तो रख क्यों न लिया?''

रेशमी चुप हो जाती है और आँसू बहाकर सब-कुछ सह लेती है। विवाह करना चाहती है, लेकिन कोई पुरुष उसे ग्रहण करने को तैयार नहीं होता।

टिली

जो लॉरी राँची से लोहरदगे तक जाती है, जॉन उसका ड्राइवर है। साल भर से वह यही काम कर रहा है। रिमझिम-रिमझिम बरसात आई। आकाश में मेघ खेलने लगे, पृथ्वी पर जल खेलने लगा। सारी दुनिया हरियाली से भर उठी। नदी-नाले, ताल-तलैया, सब जल से चम-चम चमकने लगे। फिर, बरसात बीती। मेघ उड़ गए। आकाश निर्मल हो गया। खेतों का धान पका और कटा।

माघ में आमों पर मंजरियाँ आईं। फागुन में सूखे पत्तों का मर्मर संगीत गूँज उठा। नए-नए पल्लव उगे। बसंत का दक्खिन पवन आकर फूलों के सौरभ के बीच चंचल हो गया। और तब से जॉन अपनी लॉरी चलाता हुआ आया और चला गया—आज भी आता है और चला जाता है।

दृश्यावलियाँ आती हैं और छूट जाती हैं। ऋतुएँ आती हैं और बीत जाती हैं। और जब उसके दिल पर एक हलका-सा बोझ, एक तनिक-सा बन्धन जान पड़ता है और उसकी आँखें कुछ चंचल होकर स्वतंत्रता का अनुभव करना चाहती हैं, तो वह अपने प्रश्न की ओर से आँखें चुराकर दाएँ-बाएँ झाँक लेता है और फिर अपनी राह चला जाता है।

लेकिन फिर भी पथ के सारे दृश्य उसके देखे हुए हैं। अब उसे वहाँ कोई नवीनता नहीं मिलती। उसे मालूम है कि इन धान के खेतों के आगे नदी है और नदी के आगे पीले फूलों से भरे हुए सरसों के खेत और फिर नन्ही-नन्ही फूस की झोपड़ियों वाला गाँव।

सभी गाँवों के नाम भी उसे याद हैं। यह राँतु है, यह माँडर है, यह बिज्जु पाड़ा, यह सोंस। और इस तरह के अगणित गाँव उसे मिलते हैं और सबों को पार करता हुआ वह लोहरदगा चला जाता है। कहीं ग्रामीण स्त्रियाँ सिर के जूड़े में फूल खोंसे हुए आपस में मुस्कुराती बात करतीं, कुएँ पर पानी भरने जा रही हैं; कहीं पत्थर की शिला पर पड़े हुए छोटे-छोटे गड्ढे में धान कूट रही हैं। कोई सूप से भूसा उड़ा रही है, कोई चटाई के ऊपर सूखने के लिए धान पसार रही है। कहीं हल चल रहे हैं; कहीं बुबाई हो रही है, कहीं किसी झोपड़े के सम्मुख कुछ किसान हुक्का पीते हुए आपस में सुख-दु:ख की बातें कर रहे हैं। जॉन की आँखों के सामने रोज ये दृश्य आते थे और ओझल हो जाते थे।

कड़ाक एक छोटा-सा गाँव है। लॉरी गाँव की सीमा से होकर जाती है; किन्तु बस्ती सड़क से थोड़ी दूर हटकर है। लेकिन, जॉन देखता था कि एक सात-आठ वर्ष की छोटी-सी लड़की रोज खड़ी होकर चकित दृष्टि से लॉरी की ओर देखा करती थी। शायद सोचती हो, यह भी क्या अजीब चीज है! न जाने कितनी दूर से यह लॉरी राशि-राशि धूल उड़ाती हुई आती है और क्षण भर के लिए आँखों के सामने खेल कर सर्र से चली जाती है। फिर कुछ उड़ती हुई धूल रह जाती है और जानेवाली लॉरी की ध्वनि। और, फिर कुछ देर के बाद सब शान्त हो जाता है। धूल उड़ जाती है और लॉरी की ध्वनि निस्तब्धता में खो जाती है। सारा वातावरण पहले का-सा ही हो जाता है—स्वच्छ, शान्त और निस्तब्ध।

बालिका की चकित और भोली-भाली आँखों में न जाने क्या छिपा हुआ था कि जॉन उसकी ओर अवश्य देखा करता। उसके जूड़े में फूल खोंसा रहता था। वस्त्र अस्त-व्यस्त, और चेहरे पर अबोधता छाई रहती थी।

जॉन की बड़ी इच्छा होती थी कि उसके सामने गाड़ी रोककर उसे लॉरी की सभी चीजें दिखला दे। उसे समझा दे, कि यहाँ पैसेंजर बैठते हैं, यहाँ ड्राइवर बैठता है, यहाँ पेट्रोल दिया जाता है, यह माइल मीटर है, इसे थ्रोट्ल कहते हैं, और यह हैंडिल है। और, जब यह एक बार हॉर्न बजाएगा, तो वह जरूर खिलखिला कर हँस पड़ेगी। इसी तरह सोचता हुआ वह तीन-चार मील का रास्ता तय कर देता था; लेकिन ऐसा कभी न होता है और न वहाँ हुआ।

संयोग की बात। एक दिन ठीक वहीं पर जाकर लॉरी बिगड़ गई। पहले तो जॉन को मालूम हुआ कि पेट्रोल घट गया है। घबराया। टंकी को खोल कर देखा; तो वहाँ चार गैलन से भी अधिक तेल है। फिर डिस्ट्रिब्यूटर देखा, वह भी ठीक। तब मालूम हुआ कि पाइप से पेट्रोल अच्छी तरह 'पास' नहीं कर रहा है। जॉन पाइप को खोलने लगा। इसी बीच वह लड़की भी वहाँ आ गई और इंजन के समीप झुक कर कुतूहल-भरी आँखों से उसे देखने लगी। जॉन उसकी ओर देखकर मुस्कुराया। उत्तर में वह मुस्कुराई नहीं। उसकी आँखों में अपार आश्चर्य भर गया। जैसे वह बिल्कुल नहीं समझ रही थी कि मैं भयभीत होऊँ, या हँसूँ। पर, उसे कुछ साहस हो आया। वह इंजन के बिल्कुल समीप होकर लॉरी के मडगार्ड से सट गई। जॉन ने पूछा, "तेरा नाम क्या है?"

अबकी उसके होंठों पर हँसी की रेखा खिंच गई। वह हेड लाइट को दोनों हाथों से पकड़ कर बोली, "टिली!"

"तेरा घर कहाँ है?"

वह बायाँ हाथ उठाकर तर्जनी से इंगित करती हुई बोली, "वहाँ! बस्ती में; लेकिन बाबा आज घर में नहीं हैं। बाजार करने कुड़ू गए हैं।

टिली जानती थी कि जो लोग उसके घर पर जाते हैं, उसके बाबा से मिलते हैं।

जॉन लॉरी बनाता रहा, टिली खड़ी देखती रही। जब गाड़ी बन गई और जॉन स्टार्ट करने के लिए चढ़ने लगा, तो टिली बोल उठी, "मुझे मोटर पर नहीं चढ़ाओगे?"

जॉन मुस्कुराया, "आओ, बैठ जाओ।"

वह खुशी-खुशी चढ़ कर बैठ गई। बोली, "तुम मुझे रोज मोटर पर चढ़ाया करना। जीनी को तुम नहीं जानते, वह मोटर पर कभी नहीं चढ़ी। तुमने मुझे आज मोटर पर चढ़ा दिया। सिद्धू को जब मैं भइया कहती हूँ, तो वह मुझे मिठाई देता है। मैं तुम्हें भी भइया कहा करूँगी। मुझे मोटर पर चढ़ाओगे न?"

"हाँ।"

टिली प्रसन्नता में आपे से बाहर हुई जा रही थी। पूछा, "यह क्या है?"

"यह बाजा है।"

"कैसा बजता है, जरा बजाओ तो!"

जॉन ने बजा दिया।

टिली हँसने लगी, "इसे सुन कर सब रास्ते से भाग जाते हैं? गाय-बैल सब?"

"हाँ।"

"मेरी बकरी भी भाग जाएगी?"

"हाँ, वह भी भाग जाएगी।"

"अच्छा, मोटरवाले भैया; कल फिर मुझे मोटर पर चढ़ाओगे न? मेरी मुर्गी ने अंडे दिए हैं। कल तुम्हें दूँगी। कल मुझे फिर चढ़ाना। अच्छा!"

उसे थोड़ी दूर ले जाकर जॉन ने गाड़ी रोक दी। बोला, "अब उतर जाओ।"

"कल फिर आओगे न?"

"हाँ!"

टिली हँसती हुई उतरी और प्रसन्नतापूर्वक ताली बजाती हुई वहाँ से दौड़ती चली गई।

दूसरा दिन आया। जॉन ने देखा—टिली आँचल में अंडे लिए हुए उसकी राह देख रही है। जॉन लॉरी को रोक न सका। ऐसा नियम नहीं था। 'मोटरवाले भैया!' जॉन के कानों में आवाज आई। वह फिर कर देखने लगा। टिली आँचल के अंडे सँभालती हुई पीछे-पीछे दौड़ती आ रही है। उसका हृदय विदीर्ण होने लगा। उसने हाथ का इशारा किया, मत आओ; किन्तु टिली इसे समझ नहीं सकी। जॉन ने देखा वह नहीं रुकती। आखिर उसने लॉरी की गति बढ़ा दी; किन्तु उसे अब भी मालूम हो रहा था कि पीछे-पीछे टिली दौड़ती हुई आ रही है और बारम्बार पुकार रही है—मोटरवाले भैया! मोटरवाले भैया!

फिर दूसरा दिन आया। जॉन ने देखा टिली वहीं पर करंज के पेड़ के नीचे खड़ी होकर उसे देख रही है। आज उसके आँचल में मुर्गी के अंडे नहीं हैं। चेहरे पर

अभिमान का भाव है। वह उससे रूठी हुई है। गाड़ी की गति धीमी हो गई थी। टिली कुछ बोली नहीं, चुपचाप देखती रही; किन्तु जब देखा कि आज भी लॉरी खड़ी नहीं होती, तो पीछे-पीछे दौड़ पड़ी।

"भैया!..."

कंठ-स्वर में अपार वेदना थी। जॉन का हृदय विवशता की शृंखला से बँधा हुआ करुणा से भींग रहा था। उसने और भी सुना, वह कातर कंठ से कह रही थी, "...मुझे मोटर...नहीं चढ़ाओगे?"

किन्तु जॉन ठहरा नहीं। आगे बढ़ता ही गया। गाड़ी की गति तीव्र हो गई।

जॉन आज भी उस रास्ते से जाता है, आज भी टिली खड़ी होकर उसको देखती रहती है, वह अपने मोटरवाले भैया को आज भी पुकारती है; किन्तु जब जॉन लॉरी खड़ी नहीं करता, तो वह उदास हो जाती है। थोड़ी देर तक वहीं पर खड़ी-खड़ी कुछ सोचती है, फिर घर चली जाती है।

कोयले की जिन्दगी

'धनबाद' नाम के साथ आपसे आप आकर चुपके से 'धन' नामक शब्द शामिल हो गया है। वहाँ के कुछ लोगों में यह सिफत है कि वे कोयले को भी चाँदी में परिणत कर लेते हैं। और वहीं बहुत-से लोग ऐसे भी हैं जिन्होंने अपनी काया और किस्मत को भी कोयले के साथ मिलाकर काला कर लिया है। सारी जिन्दगी उनकी कोयले के समान ही काली दिखलाई देती है, भूतकाल भी और भविष्य भी।

और जहाँ पर वे काम करते हैं वह जगह भी तो कोयले के समान ही काली घुप्प अन्धकारमय होती है। दिन के प्रकाश से उनका बहुत ही कम परिचय है। दिन में भी वे अन्धकार का दर्शन करते हैं जहाँ लोहे की तीखी चोट से नीली-नीली चिनगारियाँ छिटक जाती हैं। उनका दिन भी एक रात है, और रात तो काली होती ही है। दिन की उस रात में वे कड़ाचूर परिश्रम करते हैं। अपने काम में उन्हें उतना ही परिश्रम करना पड़ता है जितना कष्ट प्रभु ईसामसीह को मरने के लिए दिया गया था। दिन का उठता हुआ सूरज उन्हें अन्धकार के नीचे खो जाता हुआ देखता है, शाम की किरणें उन्हें एक अपरिचित काले भूत की तरह पाती हैं। समझ में भी नहीं आता कि आदमी का अपना रूप भी इतना अनजान बन जा सकता है और यों ही उनकी जिन्दगी अन्धेरे में कट जाती है।

दमड़ीराम पहले रानीगंज में काम करता था, फिर झरिया चला आया। मगर जैसा रानीगंज वैसा झरिया। लोग कहते हैं कि बिहार और बंगाल में कुछ फर्क है; लेकिन दमड़ी के लिए दोनों जगहों में किसी प्रकार का कोई अन्तर नहीं दिखलाई दिया। वही परिश्रम, वही ग़रीबी, और वही निराशा। दोनों जगह सभाएँ भी वैसी ही दिखलाई पड़ीं और धुआँधार लेक्चर भी वैसा ही सुनाई पड़ा। अन्तर कहीं कुछ भी नहीं था, न बाहर और न भीतर। और, उसके दिन काम करते, खटते, झींखते इसी तरह किसी तरह बीत रहे थे।

उस दिन जब शाम की सभा समाप्त हुई तो दमड़ी ने सीधे शराबखाने का रास्ता लिया। वह जल्दी-जल्दी लपका चला जा रहा था कि इतनी देर तो हो चुकी, अब और देर न हो जाए। जरा शराब की जलती हुई घूँट गले से सीधे उतरे तो जी में जी पड़े इतनी शराब पीनी चाहिए कि आदमी गंभीर की जगह हलका-हलका लगने

लगे, सेमर की उड़ती हुई रूई की तरह। गम्भीरता तो जीवन में सब जगह व्याप्त है। जिन्दगी गम्भीरता से घिरी हुई है। दमड़ी जो काम करता है वह रग-रग को तोड़ देनेवाली गम्भीरता है, जो लेक्चर सुनता है वह भी गम्भीर है, स्त्री है, सो भी चावल-दाल आदि गम्भीर विषयों पर बात छेड़ बैठती है। चैन दमड़ी को कहीं भी नहीं। आजकल और परसों सब कुछ गम्भीरता से भरा हुआ, पारे की तरह भारी ठहरा। हाँ, जब वह शराब पी लेता है, तो उसे लगता है कि वह गम्भीर से हलका हो उठा है। लगता है कि जैसे वह कठोर वर्तमान से निकल कर कल्पना के भविष्य में जा पहुँचा। उसे बड़ी प्रसन्नता मालूम होने लगती है और वह धुआँधार गालियाँ बकना शुरू कर देता है। उसे मजा आ जाता है कि वह कितना हलका हो गया है कि बिना प्रयास के गालियाँ बक सकता है, चाहे किसी को सही। कभी वह झूमता है, कभी सड़क पर लोटपोट हो जाता है। इस तरह उसे कितना अच्छा मालूम होता है वह कह नहीं सकता। उस समय उसे लगता है कि वह सचमुच जी रहा है, जिन्दगी उसकी रस से भरकर निखर गई है और उस जगह चाहे उसका जिगरी दोस्त ही क्यों न हो वह उसे बेखटके गाली दे बैठता था, चाहे उसके लिए लड़ाई ही क्यों न हो जाए।

शराबखाने की ओर जाते-जाते वह मुड़ गया। उसने एकाएक अपना इरादा बदल दिया था। शराबखाने में तो मेले की तरह भीड़ लगी रहती है। हल्ले-गुल्ले में शराब का मजा नहीं आता। आज उसका जी शान्ति खोज रहा था। अपनी बेचैनी से वह निष्कृति पा जाना चाहता था। हालाँकि वह जानता था कि उसका ऐसा सोचना गलत है। शराब पीते ही वह स्वयं चिल्ला उठेगा और गालियाँ बकने लगेगा। मगर वह उस ओर चल पड़ा जिधर शहर की बिगड़ी हुई या गरीब औरतें चुपके-चुपके शराब का व्यापार करती हैं और बोतल पीछे सिर्फ एक आना ज्यादा लेती हैं।

मगर दमड़ी जैसे ही मुड़ा कि पीछे से उसका मित्र छोटन पुकार बैठा, ''कहो यार, कहाँ चले हो?''

दमड़ी के होंठों पर मुस्कुराहट खेल गई। उसने कहा, ''बेटा, जहाँ तुम वहाँ मैं। हाजिर में हुज्जत नहीं, गैर में तलाश नहीं। पैसे-वैसे हैं कुछ जेब में?''

छोटन ने गर्व के साथ जवाब दिया, ''बस तुम तो हमेशा दूसरों की जेब ताकते फिरोगे; अपनी ओर से तो कुछ खर्च करोगे नहीं। यहाँ अभी जेब में हमारे दो रुपये खनक रहे हैं।''

दमड़ी आश्वस्त होकर बोला, ''मेरे पास भी तीन रुपये हैं। हमारी जोरू साली ने इसे साड़ी खरीदने के लिए रखा था। भला आज-कल कहीं तीन रुपयों में साड़ी मिलती है?''

और छोटन हँस दिया। दमड़ी भी हँसने लगा। दमड़ी कहता जा रहा था कि चलो, आज अच्छा रहेगा। पाँच रुपये दोनों के लिए काफी हैं। नशा पूरा हो जाएगा।

गर्मी की रात थी। हवा में बेहद गर्मी मालूम होती थी। शरीर से पसीना चल रहा था। मालूम भी नहीं होता था कि यह वही दुनिया है जहाँ कभी ठंड का मौसम भी आ जाता है और आदमी जाड़े के मारे ठिठुरने लगता है। वे गली से होकर गुजर रहे थे। मुहल्ले के लोग अपने-अपने काम में व्यस्त थे। तमाम शोर-सा मचा हुआ मालूम होता था। एक अजीब किस्म का लग रहा था।

सदा की तरह दोनों दोस्तों ने उस दिन भी छूट कर शराब पीयी और एक दूसरे को खूब गालियाँ दीं। जब लौटने लगे तब दमड़ी एक जगह सड़क पर ही सो गया और कहने लगा कि देखो, मैं पलंग पर पड़ा हूँ। मखमल के गद्दे लगे हुए हैं। अब हमारी सेठानी साली को पैर दबाने के लिए बुलाओ!

इसके जवाब में छोटन उसके चेहरे पर अपने जूते को झुलाता हुआ कहने लगा, "बेटा सेठ, आराम करो; मैं तुम्हें चँवर झल रहा हूँ!"

और इसी तरह हल्ला-गुल्ला करते, आपस में गालियाँ बकते, गिरते-पड़ते और झूमते हुए वे लोग अपनी 'धौड़ी' के पास पहुँचे। दोनों ने अपने-अपने घर की राह ली।

उस समय रात के बारह बज चुके थे।

घर पहुँचते ही दमड़ी की अप्रत्याशित परिस्थिति का सामना करना पड़ा। उसकी स्त्री ने उसे झाड़ू से मारा, नाखून से उसका मुँह नोच दिया और चिमटे से उसकी नाक को खींच-खींच कर लम्बा करने लगी। "दारू पीनी थी तो अपने बाप का रक्त क्यों नहीं पी गया! गाय-सूअर का खून पी जाता। हमारी साड़ी के पैसों से इसे शराब पीने का क्या अधिकार था?"

जब मुहल्ले-टोले के लोग उठकर आए तो सुखनी के दमड़ी को मारना बन्द कर दिया और बैठकर रोने लगी। अब दमड़ी को ताव आया। एक छोटा-सा मजबूत सोंटा लेकर उसने सुखनी की मरम्मत शुरू कर दी। खूब अच्छी तरह मार कर कहने लगा, "आप लोग इसे समझाते नहीं। यह हरामजादी दिन-दिन सिर चढ़ती जा रही है?"

खैर, किसी-किसी तरह हल्ला-गुल्ला शांत हुआ। दोनों घर के भीतर सोने के लिए गए। दमड़ी खाट पर लेटता हुआ आज्ञा के स्वर में बोला, "देह में दर्द है; जरा तेल तो मालिश करना!"

सुखनी बोली, "अब तो मैं मर भी जाऊँ तो तेरे शरीर में तेल न डालूँ। आज भला क्या हाल कर दिया है मेरा। मार-मार कर भुरकुस कर दिया!"

दमड़ी ने सन्धि का प्रस्ताव रखते हुए कहा, "मैंने कहाँ मारा। मारा तो है तुमने। अब देह दुख रही है। सबेरे ही काम पर जाना है। इस दुखती देह से भला काम कैसे होगा?"

और सुखनी इस बात को सुनकर नि:शब्द उठ गई और शीशी खोज कर सरसों का तेल मलिया में ढालने लगी।

दमड़ी जैसे आप ही आप कह रहा था, "तू साड़ी चाहती है न साली। अब मैं कसम खाता हूँ कि पहले तुम्हारी साड़ी ला दूँगा तब ही मैं शराबखाने की ओर मुँह करूँगा। हरामजादी, तू भी कहेगी कि कोई साला हमारा भतार था। देख लेना; पहले तेरी साड़ी आवेगी तब मैं भट्ठीघर की ओर अपना मुँह सीधा करूँगा। अशराफ की बात एक होती है।"

और इस तरह की प्रतिज्ञा करते हुए उसका चेहरा दीपक की तरह स्निग्ध मालूम हो रहा था। जैसे उसका चेहरा किसी अद्वितीय आभा से निखर गया हो।

सुखनी ने मुस्कुरा कर कहा, "यह तू बोल रहा है या दारू कह रहा है?"

दमड़ी ने गर्व से कहा, "अरी हरामजादी, तू मुझे समझती क्या है? जो कह दिया सो कह दिया। तू जैसी कमीनी है, हमें भी वैसा ही समझती है। मगर देख लेना; अशराफ का कहा हमेशा एक होता है।"

सुखनी ने कहा, "जैसे तुम अशराफ हो, देख चुकी हूँ; अब और कहने की जरूरत नहीं है।"

और वह तेल लगाने बैठ गई। दूसरा कोई समय होता तो दमड़ी गाली दिये बिना न मानता। मगर अभी तो तेल लगवाना था। तब तो कल काम पर जाने की फुर्ती मिलेगी।

इस घटना को पन्द्रह दिन बीत गए थे। आश्चर्य की बात थी कि दमड़ी ने सचमुच शराबखाने की ओर अपना मुँह न किया था। उसकी देह टूटती थी, जम्भाइयाँ आती थीं, काम न हो पाता था; मगर वह सब-कुछ सहता रहा और शराब के पास न फटका। फिर भी साड़ी के लिए रुपए नहीं जुट पाये थे। वह गम्भीर रहता। उसे कुछ अच्छा न लगता था।

और सुखनी का भी जैसे कुछ खो-सा गया था। मालूम होता था कि जैसे उसका पति पति नहीं, कोई और आदमी है, एकदम अपरिचित जिससे जान-पहचान भी न हो। ऐसे पति को तो उसने कभी नहीं जाना था। उसका पति तो उसे मारता था, बिना गाली के बात भी न करता था। कभी-कभी घर के कोने में घसोड़ देता था। इतनी गम्भीरता कभी नहीं थी। यह गम्भीरता पत्थर की तरह असह्य बोझ बन गई। जैसे पति-पत्नी के बीच कोई दीवार खींच दी गई हो। उसका मन व्याकुल रहने लगा। वह मारने के लिए, मार खाने के लिए, झगड़ा करने के लिए, झगड़ा पाने के लिए, केश नोच देने के लिए और सड़े किस्म की गाली-गलौज के लिए आतुर हो उठी। ऐसी नीरस जिन्दगी उसे असहनीय मालूम होने लगी।

और आखिर उस दिन मौका पाकर खुद सुखनी ने ही छेड़ कर दमड़ी से कहा, ''शराब के बिना आजकल जरूर तुम्हें कैसा-कैसा लगता होगा?''

दमड़ी ने जैसे अपने आपको सँभालते हुए कहा, ''नहीं-नहीं, अब तुम्हारी साड़ी लाकर ही शराब साली को मुँह से लगाऊँगा।''

सुखनी ने ताने से कहा, ''जीभ तो तुम्हारी चटपटा रही होगी; ऊपर-ऊपर कहे जा रहे हो कि साड़ी लाकर शराब पीऊँगा। तुम्हारी कसम, आजकल तुम्हारा मुँह देखती हूँ तो जी जाने कैसा-कैसा करने लगता है। तुम्हें मेरी कसम; आज जाकर पी आओ। मैं कुछ न बोलूँगी। तुम्हें मेरी कसम; तुम मेरा मरा मुँह देखो जो न जाओ।''

इस बात से ऊँघते को ठेलते का बहाना मिल गया। मगर अपना अभिमान कायम रखने के लिए सूखनी से बोला, ''तुम्हारी साड़ी के लिए जो पैसे मैंने बचाये हैं उसमें से तो मैं एक पाई नहीं खर्च कर सकता।''

सुखनी ने हँस कर कहा, ''तुम्हारे लिए मैंने चार रुपए बचा कर रख लिए हैं। आज कुछ पी लो। तुम पीकर जब गाली बकते हो तो मुझे अच्छा मालूम होता है!''

इस बात को सुनकर दमड़ी हँसने लगा। उसके चेहरे पर कृतज्ञता की झलक थी।

और जब आँचल की गाँठ खोल कर सुखनी ने उसे शराब पीने के लिए पैसे दिए तो उसका चेहरा गौरव से चमक रहा था। कोयले के समान उसके काले चेहरे पर मानो स्वर्ग उतर आया था।

उस रात को जब दमड़ी गिरता-पड़ता और गालियाँ बकता हुआ घर लौटा तो रात के दो बज चुके थे। मुहल्ले में सन्नाटा छाया हुआ था। सुखनी गहरी नींद में बेसुध पड़ी थी। आज सन्तोष और आत्म त्याग ने उसके मन को हलका कर दिया था। नींद खूब जम कर आई थी। दमड़ी की चिल्लाहट और गालियों से भी उसकी आँख न खुली।

इधर दमड़ी गुस्से से आग हो रहा था। नशे की तीव्रता ने उसके क्रोध को और भी भड़का दिया था। वह बेतहाश किवाड़ पीट रहा था और निर्मम भाव से गलीज गालियाँ बक रहा था। मगर फिर भी सुखनी की नींद न खुली सो न खुली।

सहसा उसे याद हो आया कि एक दिन उसने छप्पर पर बाहर ही लोहे की एक छड़ को खोंस दिया था। अन्धकार में टटोल कर उसने उसे उतार लिया। किवाड़ों की सन्ध में उसे दबा कर जोर लगाया तो किवाड़ खुल गए। भीतर सुखनी अभी तक गम्भीर नींद में पड़ी हुई थी। नशे की झोंक में दमड़ी को याद न रहा कि उसके हाथ में जो लोहे की छड़ है वह एक सिरे पर बहुत ही नुकीली है। अपना क्रोध जताने के लिए उसने उस छड़ को लाठी की तरह सुखनी की छाती में ढकेल दिया कि चोट खाकर वह हड़बड़ाती हुई उठ बैठे। मगर लोहे की वह छड़ उसकी छाती

में इतनी जोर से मारी गई थी कि वह उसकी छाती के आरपार हो गई। खून का जब एक गर्म फव्वारा दमड़ी के मुँह पर पड़ा तो वह समझ न सका कि आखिर क्या हो गया। और तुरन्त ही सुखनी की मर्मान्तक चीत्कार सुनाई पड़ी। वह खाट पर से तड़फड़ाती हुई उठी और जमीन पर गिर कर मुर्गी की तरह छटपटाती हुई अपना दम तोड़ने लगी।

रात बहुत ज्यादा बीत चुकी थी। लोग अपने-अपने घरों में गहरी नींद सोये हुए थे। यह दुर्घटना किसी को मालूम भी न हो सकी। कोई आ भी न सका।

सुखनी पड़ी हुई थी। उसकी आँख की पुतलियाँ उलटती जा रही थीं। प्राण निकल रहे थे और उसका एड़ियाँ रगड़ना क्रमशः मद्धिम पड़ कर बंद होता जा रहा था। तमाम घर में खून बह गया था। सुखनी के रक्त से दमड़ी का चेहरा एकदम लाल मालूम हो रहा था। वह मरती हुई सुखनी के सामने बैठा हुआ कलप रहा था। हाय, हमने अपनी प्यारी सती रानी का खून कर दिया। तू सच्ची सती थी। सती, तू मुझ अभागे को माफ कर दे!

और सुखनी की उलटती हुई आँख की पुतलियों में भी एक विचित्र शान्ति, एक अद्‌भुत क्षमदान का दृश्य था। वह ऐसी दिखलाई दे रही थी कि मानो उसे बिछड़ने की तकलीफ तो जरूर है, मगर मरने का जरा भी कष्ट नहीं है। जैसे वह कह रही हो कि यह कोई बात नहीं। तुम सुखी रहो। तुम सुखी रहो। मुझे मरने का जरा दु:ख नहीं। और सुखनी का चेहरा शान्ति से भरा मालूम हो रहा था।

और दमड़ी की मर्मभेदी पुकार उस सन्नाटे में दूर-दूर तक गूँज गई, ''सुखनी!''

दूसरे दिन सबेरे उठकर लोगों ने देखा कि दमड़ी के घर का द्वार टूटा हुआ है, अन्दर सुखनी की लाश पड़ी हुई है और दमड़ी मरा हुआ एक रस्सी के सहारे छप्पर से लटक रहा है। वह फाँसी लगा कर मरा था। उसकी जीभ बाहर निकल आई थी और चेहरा बड़ा भयंकर मालूम हो रहा था। मालूम होता था कि बड़े कष्ट से इसके प्राण निकले हैं।

उसके बाद दोपहर तक पोस्टमार्टम करके लाश मुहल्लेवालों को सौंप दी गईं। लोग उन्हें श्मशान ले गए। वहाँ कोयले की चिता सजाई गई और उसी चिता में दोनों की लाश को एक ही साथ जला दिया गया।

मरने के बाद भी कोयला काम आया। कोयले के साथ ही वे जल कर राख हो गए।

कलाकार का मास्टरपीस

...''ओह!...हाँ; आप इन्हें नहीं जानते। ठीक-ठीक। आप श्री भवेशकुमार सिंह हैं। बड़े अच्छे चित्रकार हैं आप। कलापूर्ण चित्र तो आप के समान कदाचित् ही कोई बना सकता है। रंग, रेखा और रूप का आपका बड़ा अच्छा अध्ययन है। आपकी तूलिका में कमाल है, कमाल। देखेंगे, तो आप कहेंगे—क्या खूब चित्र आप बनाते हैं।''

वे भवेशकुमार, जो चित्रकार हैं, उनका ऐसा ही परिचय हमारे एक मित्र ने दिया था। परन्तु स्वयं भवेशकुमार मेरे मन को अपनी ओर कुछ विशेष आकर्षित नहीं कर सके। अजीब खोए-खोए से आदमी। सामने बैठे हैं, सब-कुछ देख रहे हैं, पर ऐसा लगता है कि जैसे किसी निविड़ एकान्त में हैं—जहाँ कोई नहीं। कपड़े भी बेतरतीब पहने हुए थे। कोट तो उनका कुछ ऐसा था कि जिसे देखकर हँसी आती थी। फिर इस गर्मी में कोट पहनकर चलने की आवश्यकता ही क्या?

गोल, चिकना चेहरा था और सहसा चमक जानेवाली दो छोटी आँखें थीं। रंग के गोरे थे; लेकिन उस गोराई में न आकर्षण था और न सौन्दर्य। फिटकिरी में जैसा उजलापन होता है, उनकी गोराई बस वैसी ही थी। चेहरे पर न किसी प्रसन्नता का आभास मिलता था और न किसी प्रकार के सौहार्द का। बैठते तो इस तरह जमकर बैठते मानो अब कहीं जाना ही नहीं है। हँसी की बात आ जाने पर भी वे हँसते नहीं थे। लगता, जैसे इन्होंने हँसी की बात सुनी ही नहीं, या सोच में पड़ गए हों कि हँसे या न हँसें। कहने का मतलब यही है कि भवेशकुमार हमारे मन को प्रभावित नहीं कर सके। मैं तो यह सोचने लगा था कि ऐसा विचित्र आदमी भला क्या चित्र बनाता होगा!...

बैठने को वे हमारे पास करीब तीन घंटे तक बैठे रहे, लेकिन किसी बात में दिलचस्पी न ली। वे मूर्ति की भाँति कुर्सी पर बैठे थे। कभी-कभी अजीब तरह से अपना मुँह सिकोड़ लेते थे जिसे देखकर भी मैं नहीं देखने का प्रयत्न कर रहा था। मेरे मन में वे एक सीड़ी की तरह मालूम हो रहे थे। जब जाने लगे तब बड़े विनय के साथ उन्होंने कहा, ''मैं आपको अपनी बनाई हुई कुछ तस्वीर दिखलाना चाहता हूँ। आज्ञा हो तो कल लेता आऊँ?''

मैंने लापरवाही से कहा, ''हाँ-हाँ, लेते आइएगा।''

उन्होंने पूछा, "किस समय आपको सुविधा होगी?"

मैंने जवाब दिया, "अगर आप आठ बजे आ जाएँ, तो उस समय इत्मीनान रहता है।"

उनके चेहरे पर प्रसन्नता का एक भाव आया। बोले, "ठीक है, मैं आठ बजे ही पहुँच जाऊँगा।"

जब वे चले गए, मुझे अफसोस मालूम होने लगा। मैंने अपना वह समय उन्हें दे दिया था जिस समय मैं एकदम अकेला रहता हूँ और तरह-तरह की बातें सोचा करता हूँ। यह तो मुझे कदापि आशा नहीं थी कि मैं उनसे कुछ अच्छी तस्वीरें भी देख सकूँगा। मैं उनसे आशा करता था कि वे कुछ ऐसी तस्वीर दिखाएँगे जिनमें भाव ही भाव होगा, रूप नहीं। रंग होगा, पर रेखाएँ नहीं। आजकल के बड़े-बड़े चित्रकार जिस प्रकार की अद्‌भुत तस्वीरें बनाया करते हैं, उसी तरह की तस्वीरों से वे संभवतः मेरी आँखें भर देंगे।

लेकिन दूसरे दिन जब मैंने उनके चित्रों को देखा तो चमत्कृत हो गया। एक-से-एक चित्र उन्होंने बनाए थे। कहीं जीवन की कठोर वास्तविकता थी; कहीं गम्भीर प्रेम की उमड़नेवाली हल्की-सी मुस्कान! एक-एक चित्र को मैं मुग्ध होकर देख रहा था। मैंने मन में सोचा, इस अभागे को इस भारत में ही जन्म लेना था जहाँ भूसा का दाम भी कला से अधिक है।

मैं भावावेश से भर उठा। मेरी आँखें डबडबा गईं। रुँधे गले से मैंने कहा, "भवेश भाई, तुम धन्य हो!"

उनकी आँखें झुक गईं। लज्जा से गाल लाल हो गए। उन्होंने कृतज्ञता के स्वर में कहा, "आपके जैसे व्यक्ति ने मेरी प्रशंसा कर दी यही मेरा सबसे बड़ा सौभाग्य है। यह किसी भी पुरस्कार से बड़ा पुरस्कार है। इससे बढ़कर दूसरा पुरस्कार मुझे नहीं चाहिए।"

अब भवेश मेरे पास बराबर आने लगे। वे घंटों तक बैठे रहते। बातों-पर-बात चलती जाती। कला के सम्बन्ध में उनका ज्ञान सूक्ष्म था।

एक दिन मैंने उनसे पूछा, "भवेशजी, आप अपने सभी चित्रों में 'मास्टरपीस' किसे मानते हैं?"

भवेश ने मुस्कुराकर कहा, "मैंने एक कंजूस सेठ की तस्वीर बनाई थी। वही मेरा 'मास्टरपीस' है।"

मैं चौंक उठा। सेठ, सो भी कंजूस! सेठ की तस्वीर, और वह मास्टरपीस! मैंने कहा, "तुम भी गजब की बात करते हो भवेश!"

"जी नहीं; मैं आपसे सच कह रहा हूँ। मैंने उस सेठ की तस्वीर बनाई थी जिसके चेहरे से फटकार बरस रही थी, जिसकी दोनों आँखों के भीतर से सारे

संसार का लोभ एकत्र होकर झाँक रहा था। वही मेरा 'मास्टरपीस' रहा है। वैसा चित्र मैं फिर कभी बना सकूँगा या नहीं, नहीं कह सकता।''

मैंने पूछा, ''आखिर वह कौन-सा सेठ था?''

भवेश ने कहा, ''मैं आपको पूरी कहानी ही बताए देता हूँ। मेरे उस 'मास्टरपीस' के साथ एक विचित्र कहानी जुड़ी है। पूरी बात कहे बिना कोई नहीं समझ सकता कि उस कंजूस सेठ का चित्र मेरा 'मास्टरपीस' कैसे हो सका।''

उनके चेहरे पर एक प्रकार की विचित्र मुस्कान उमड़ने लगी जिसमें एक रहस्य था। उन्होंने कहा, ''कोई दस साल पहले की बात है। सन् 1942 में मेरे पास भागलपुर से एक पत्र आया कि आपसे कुछ चित्र बनवाने हैं; आप आ जाइये। मैं गया। एक युवक सेठ ने मुझे बुलाया था। उसका कारबार बड़ा भारी था। उस समय वह मिलिटरी को 'माल' सप्लाई कर रहा था। इसी कारण मेरे जाने के पाँच दिन के बाद उसे अवकाश मिला कि वह मुझसे बात कर सके।''

उसने कहा, ''आपको मैंने इसलिए तकलीफ दी है कि आप मेरे स्वर्गीय पिताजी का एक चित्र बना दें। चित्र ऐसा हो कि वह जल्दी खराब नहीं हो सके—जिसको 'आयल-पेंट' कहते हैं, समझ गए थे! पैसा चाहे जो लग जाए। हाँ, पैसों की मैं परवा नहीं करता। पैसे तो आएँगे और जाएँगे, पर, पिताजी का चित्र चोखा होना चाहिए।''

मैंने कहा, ''ठीक है; मैं चित्र बना दूँगा। यह तो मेरा काम ही है। आप हमें उनका फोटो दे-दें।''

उसने चौंककर कहा, ''फोटू? उनका फोटू कहाँ! उनके मरे आज चौदह साल हो रहे हैं। फोटू मेरे पास नहीं है। वैसे कहिये, मैं आपको सब-कुछ देने को तैयार हूँ। पर, उनका 'आयल-पेंट' तो जरूर होना चाहिए। उसको मैं अपने कमरे की दीवार पर लटकाकर रखूँगा। समझ गए? उनका चित्र तो आपको बनाना ही है।''

मैंने घबराकर कहा, ''मगर बिना फोटो के मैं उनका चित्र बना ही कैसे सकता हूँ?''

उसने जवाब दिया, ''वाह, आप बना क्यों नहीं सकते? चित्रकार तो सब कुछ बना सकता है। चित्रकार को क्या जरूरी कि वह किसी चित्र को देखकर ही चित्र बनाया करे? यह सब कच्चे चित्रकार किया करते हैं। आप तो बढ़िया चित्र बनाते हैं। मैंने आपका बनाया हुआ रामजी का चित्र देखा है। आप कृष्णजी और राधाजी का चित्र भी बना लेते हैं। मगर यह कहिये, आपने कभी उन्हें देखा है?...बहवा, आपके चित्रों के क्या कहने हैं! आपके उन्हीं चित्रों को देखकर तो मैंने कहा था कि आप आ जाइये।''

मैंने हिचकिचाते हुए कहा, ''मगर बिना जाने-सुने-देखे...''

बीच ही में उसने अपना तर्क दिया, ''आप रामजी का चित्र बनाते हैं, पर क्या आपने उन्हें देखा है? फिर मेरे पिताजी की तस्वीर आप क्यों नहीं बना सकते? उनका 'आयल-पेंट' तो आपको बनाना ही होगा। दाम चाहे जा लग जाए। मैं उससे हटनेवाला नहीं।''

उसकी बात सुनकर मुझे हँसी आ गई; लेकिन वह हँसा नहीं। उसका चेहरा गम्भीर हो गया। मानो यह हँसने की बात नहीं, किसी गहरे खेद की बात है।

हाँ, तो उसकी बात सुनकर मेरे जी में आ रहा था कि मैं इनकार कर दूँ। पर वैसा किया नहीं। उस आदमी के चेहरे पर ऐसी दृढ़ता थी कि मैंने देखा, अस्वीकार करना बेकार है। यह तो जैसे अगाध विश्वास लेकर बैठा हुआ है कि मैं उसके पिताजी का 'आयल-पेंट' बना ही दूँगा। और आप जानते ही हैं कि चित्रकार का बाजार बराबर मंदा रहा करता है। मैंने सोचा—चलो, जितने दिन कट सकें; घी-दूध और तसमई के साथ कट जाएँ। आगे जो होगा, सो फिर देखा जाएगा।

मैंने उससे कहा, ''लेकिन इस काम में देर लगेगी।''

सेठजी ने आश्वस्त होकर कहा, ''देर के लिए क्या बात? महीना लगे, दो महीना लग जाएँ; छह महीने लगें। आप यहाँ रहें, चित्र बनाते रहें। इसके लिए कोई बात नहीं! काम होना चाहिए। मैं आपके घर पर तीन सौ रुपए हर महीने भेज दिया करूँगा। समझे जी! इसकी चिन्ता नहीं। फिर पिताजी का जब 'आयल-पेंट' बनकर तैयार होगा तो उसका पुरस्कार भी आपको दूँगा। हम लोग चित्रकार का सम्मान करना जानते हैं। आपको निराश नहीं होना पड़ेगा। रुपए चाहे जो लगें! आप भी अपने मन में कहेंगे कि हाँ, मैंने जोहारमलजी के पिता की तस्वीर बनाई थी।''

इस उत्साहवर्द्धक बात के बाद मैं फिर वहाँ से जा नहीं सका। वहीं रह गया।

भवेशजी ने कहा—...जोहारमल के पिता की तस्वीर के लिए मुझे हर तरह का अध्ययन करना पड़ा। मैंने उस समय की रीति-नीति का अध्ययन किया जिस युग में उसके पिता रहा करते थे। मैंने उस समय के व्यापार की तेजी-मंदी का अध्ययन किया और इस बात पर विचार किया कि उस तेजी-मंदी के चलते उनके चेहरे पर किस तरह की रेखाएँ बनतीं और बिगड़ती होंगी। जोहारमल को घंटों अपने पास बिठाकर मैं उसके चेहरे की 'स्टडी' किया करता था कि उसके पिताजी का चेहरा कैसा हो सकता था? आप नहीं समझ सकते कि इस चीज के पीछे मुझे कितना परिश्रम करना पड़ा था। पूरे ग्यारह महीने तक मैं इसी अध्ययन में लीन रहा। फिर कल्पना तथा अनुमान के द्वारा मैंने उसके पिता की तस्वीर बना डाली।

...आपको सुनकर आश्चर्य होगा कि जैसा मैंने अनुमान किया था वैसा ही जोहारमल के पिता का चेहरा था। उस 'आयल-पेंट' को देखकर उसकी माता रोने लगी। जोहारमल का रूखा चेहरा भी भावों से भर उठा। उसने गद्‌गद स्वर में कहा, ''अहा, आप महान् चित्रकार हैं भवेशजी!''

जोहारमल के पिता की जो मैंने कल्पना की थी वह एक ऐसे दुबले-पतले आदमी की कल्पना थी जिसके चेहरे से फटकार बरस रही थी, जिसकी आँखों के भीतर से अपार लोभ झाँक रहा था। हाँ, वही चित्र मेरा 'मास्टरपीस' था। उसके सिवा मेरा दूसरा कोई भी चित्र मेरा 'मास्टरपीस' नहीं कहा जाएगा।

एक क्षण के लिए मुझे मालूम हुआ जैसे भवेश मुस्करा देंगे, पर उसके बदले उनकी दोनों आँखें चमक गईं। उन्होंने मेरी ओर एक विचित्र दृष्टि डाली जिसका अर्थ मैं नहीं समझ सका।

प्रतिक्रियाएँ

सुलेखा भला यह कैसे जान सकती कि जीवन में आदर्शवाद का पालन करने से भी जीवन भार हो उठता है? वह आदर्श माता-पिता चाहती थी और इसीलिए अपनी माता और पिता से उसकी नहीं निभ सकी। वह आदर्श शिक्षा चाहती थी, शायद इसीलिए जब एम.ए. का रिजल्ट आया तब सुलेखा का नाम सबसे नीचे था। उसने आदर्श अध्यापिका बनने का प्रयत्न किया, इसीलिए न प्रधान अध्यापिका से उसकी निभ पाई और न कार्यकारिणी समिति के सदस्यों से उसकी पट सकी। त्यागपत्र देकर सुलेखा को वहाँ से हट जाना पड़ा। फिर उसकी साध थी कि वह अपने जीवन में आदर्श प्रेम करे, और अपने जानते उसने आदर्श प्रेम किया भी। परन्तु इसका परिणाम उसे कठोर से भी कठोरतर मिला। विवश होकर उसे गर्भपात कराना पड़ा। शारीरिक और मानसिक आघात सहने में वह असमर्थ हो गई। उसे दो-तीन बार खून के कै आए, खाँसी हो गई और कभी-कभी शाम को हलका-हलका ज्वर आने लगा। डॉक्टरों ने एक्सरे का फोटो देखा, तो बड़े गम्भीर होकर बोले—यह टी.बी. है। कैविटी फार्म कर गई है। कौन जाने किधर टर्न ले!...रेस्ट चाहिए, नॉरिश्मेंट चाहिए...।

फिर सेनिटोरियम में छह-सात महीने रहने के बाद भी जब उसे अपने स्वास्थ्य में कोई सुधार नजर नहीं आया, तब एक दिन वह चुपके से निकल गई। उस समय शाम का झुटपुटा हो गया था और रात का अँधेरा बढ़ता जा रहा था। आकाश में तारे छिटक आए थे और सेनिटोरियम की बत्तियाँ जल चुकी थीं। सुलेखा ने शॉल से अपना मुँह छिपा लिया और सेनिटोरियम से दुबकती हुई निकली। पहले तो छिपकर चली और आगे चलकर बेधड़क चलती हुई स्टेशन पर पहुँच गई। उसका कलेजा उसे थरथराता हुआ मालूम हुआ। जाड़ों के दिन होने पर भी उसके शरीर से पसीना छूट रहा था। वह चाहती थी कि रेलगाड़ी से कटकर किस्सा खत्म कर दे। इस निर्मोही प्राण से किसी तरह तो पिंड छूटे। परन्तु, स्टेशन पर पहुँचने के बाद उसे शान्ति के साथ कुछ विचार करने का अवसर मिला। उसने अपने जी में कहा कि मरने की ऐसी जल्दी होने पर भी वह मृत्यु का इन्तजार कर सकती है। इसमें कोई हर्ज नहीं। उसकी मृत्यु आने में ज्यादा

विलम्ब भी तो नहीं मालूम होता। दो–तीन महीनों के बाद वह मृत्यु आप–से–आप आ जाएगी। फिर इस तरह आत्महत्या करके अपनी मिट्टी पलीद करने की क्या जरूरत? उसने चुपचाप अपने लिए एक सेकिंड–क्लास का टिकट ले लिया और ट्रेन का इन्तजार करने लगी। उसने हावड़ा का टिकट लिया था और सोच रही थी कि कलकत्ता जाकर वह कहीं खो जाएगी। मनुष्यों के उस विशाल समुद्र में वह किसी एक बूँद के समान विलीन हो जाएगी, वहाँ के तुमुल कोलाहल में वह मृत्यु का इन्तजार भी कर सकेगी, क्योंकि उसके पास अभाव और दैन्य नहीं। चाहे जिस तरह भी वह वहाँ रह सकती है। उसके पास अब भी कई हजार के नोट हैं। इसलिए मृत्यु के आने तक किसी तरह की भी बाधा नहीं है। मृत्यु आ जाए, तो उसके बाद भी बाधा नहीं है, क्योंकि उसके पास कीमती आभूषण भी हैं। उसकी मिट्टी ठिकाने लग जाएगी। सामान वह अपने साथ नहीं ले सकी है, तो कोई हर्ज नहीं है। जब वह चाहेगी तभी सामान हो जाएगा। मगर जाड़ों के दिन थे। रह–रहकर ठंडी हवा के थपेड़े आ जाते और सुलेखा सिहर जाती। उसके दाँत खटखटाने लगते। वह अपने को समझाना चाहती कि केवल बारह घंटों की तो बात है। कल सबेरे ही वह कलकत्ते में होगी। कल्पना की आँखों से वह देखने लगती कि वह रेशमी रजाई खरीद रही है और मुलायम गद्देवाले स्प्रिंगदार पलंग पर आराम कर रही है।...

कि गाड़ी धड़धड़ाती हुई पहुँच गई और वह छोटा–सा स्टेशन चहल–पहल से भर गया। सुलेखा का दिल डूबने–सा लगा। यहाँ सेनिटोरियम में कुछ बुरा तो नहीं था। जी में चाहे जैसा मालूम हो, पर डॉक्टरों का कहना था कि उसके स्वास्थ्य में उन्नति हो रही है। बुखार का आना बन्द हो गया था। खाँसी भी अब नहीं सताती थी। फिर वह यहाँ से क्यों जाए? जाने से लाभ ही क्या?...परन्तु समय बिल्कुल नहीं था। गाड़ी वहाँ केवल तीन मिनट के लिए खड़ी होती थी। सुलेखा बेंच पर से उठ गई और जाकर सेकेंड–क्लास का एक डिब्बा खोला।

वहाँ की लाइट बुझाई नहीं गई थी। केवल एक ही आदमी उस डिब्बे में था जो रेशमी रजाई में लिपटा पड़ा था। रात इतनी गई नहीं थी कि सुलेखा उसे नींद में समझ ले। सुलेखा ने उस आदमी को लक्ष्य करके पूछा, "यह सामनेवाला बर्थ खाली मालूम होता है?"

उस व्यक्ति ने अपनी आँखें खोलीं और फड़फड़ाकर उठ बैठा। बोला, "हाँ–हाँ, मेरे बर्थ के सिवा सारा डिब्बा खाली है। आप आराम कीजिए। कहाँ जा रही हैं?"

सुलेखा ने संक्षेप में कहा, "हावड़ा।"

उस व्यक्ति ने कहा, "वहाँ तो सवेरे गाड़ी पहुँचती है। चलिये, साथ रहेगा। अकेले बड़ा बुरा मालूम हो रहा था। अच्छा किया जो आप यहाँ आ गईं।"

इतना कह लेने के बाद वह युवक एकाएक संकुचित हो गया। उसे लगा कि ऐसा उसका कहना ठीक नहीं हुआ। इसका दूसरा मतलब भी लगाया जा सकता है। न जाने यह क्या समझेगी।

सुलेखा ने भी उसकी बात का कोई उत्तर नहीं दिया। वह बैठी हुई सामने की ओर चुपचाप देख रही थी। उसके सामने जो युवक था वह गौर और सुदर्शन था। उसके चेहरे-मोहरे में न जाने क्या खास बात थी कि वह कुछ कहता हुआ-सा मालूम होता था। मगर वह क्या कह रहा है, यह न जान पाने पर भी लगता था कि कोई अच्छी बात कह रहा है। वह किसी आत्मीय-सा मालूम होता था जिसकी दोनों उज्ज्वल आँखों में अपनेपन का एक भाव था।

वह दूसरी ओर देखने लगा। फिर अपने बिस्तर पर पड़ा चमकदार सिगरेट-केस उठा लिया। एक सिगरेट निकाली और सुलगाकर पीने लगा। सुलेखा के जी में आया कि वह उसे मना कर दे। कह दे कि सिगरेट की गन्ध उसे रुचती नहीं है। उसके स्वास्थ्य के लिए यह हानिकारक भी है। मगर कहना चाह कर भी वह कह नहीं सकी। उसकी आँखों में एक भाव आया और चला गया। वह दूसरी ओर देखने लगी। कमरे की सारी खिड़कियाँ बन्द थीं; लेकिन फिर भी जाड़ा तो लग ही रहा था।

इसी समय एक हलका-सा धक्का पड़ा और गाड़ी चलने लगी।

सुलेखा ने अपना हैंडबैग गोद में रख लिया था और दोनों हथेली पर गाल रखकर कुछ सोच रही थी।

युवक की दृष्टि अभी सुलेखा की ओर थी। सुलेखा सुन्दरी थी, इसमें सन्देह नहीं। रोग के कारण वह आर्ट-पेपर की तरह श्वेत और चिकनी मालूम हो रही थी। आँखों में एक निराशा और विरक्ति तथा उलझन का भाव था। होंठों पर एक दीप्त मुस्कान निष्कंप दीप-शिखा के समान जल रही थी और उसके सम्पूर्ण व्यक्तित्व को उद्‌भासित कर रही थी।

सहसा वह युवक चौंक पड़ा। बोला, "आपका सामान? माल-असवाब?"

सुलेखा ने मुस्कुरा कर उसकी ओर देखा। मानो आँखों से धन्यवाद देकर बोली, "सामान तो मेरे पास कुछ भी नहीं। बस तन-तनहाँ हूँ।"

"ओव्हर-कोट भी नहीं?"

"नहीं, वह भी नहीं।"—सुलेखा अपनी मुस्कान के साथ-साथ मानो कोई पहेली बुझा रही थी।

"आप क्या करती हैं?"

सुलेखा ने अपना हैंडबैग गोद से उतारकर बाईं ओर रख दिया। फिर हँसती हुई बोली, "यह आपने सबसे जरूरी सवाल पूछा है। मगर इसके जवाब में मेरे पास कहने को कुछ नहीं है।"

"फिर भी?"

"पहले अध्यापिका थी। अब नहीं हूँ।"

गाड़ी का वेग बढ़ गया था। पूरी तेजी से गाड़ी जा रही थी। एक पुल के ऊपर से गाड़ी जाने लगी और डिब्बे के अन्दर भयानक शोर भर आया।

पुल से गाड़ी निकल जाने के बाद युवक ने मानों अपने-आपसे कहा, "बड़ा जाड़ा है।"

फिर मानों उसने प्रश्न-सूचक दृष्टि से सुलेखा की ओर देखा। मतलब था कि जाड़ों के दिन हैं, लम्बी यात्रा है और आप बिना कपड़ों के जा रही हैं। न बिस्तर हैं, न रजाई। न कम्बल है, न ओव्हरकोट। फिर यह रात-भर की यात्रा इस तरह कैसे पार लगेगी?

"किसी-न-किसी तरह कट ही जाएगा।"—सुलेखा ने जैसे अपने-आपको आश्वस्ति देते हुए कहा।

"किसी तरह क्यों, अच्छी तरह कटेगा"—वह युवक अपने बिस्तर पर से उठकर खड़ा हो गया। अपने दोनों हाथों में एक-एक कम्बल लेकर बोला, "आप इस पर आ जाइये। कोई तकलीफ नहीं होगी। दो कम्बलों से मेरी रात कट जाएगी।"

सुलेखा ने उसकी ओर कृतज्ञता से देखा और मुस्कुरा गई।

युवक ने कहा, "और हाँ, धन्यवाद न दीजिएगा।"

सुलेखा ने पूछा, "कृतज्ञता भी नहीं?"

युवक ने जैसे व्यस्त होते हुए कहा, "नहीं-नहीं, मेरे पास यों ही ज्यादा सामान है। आपकी कृतज्ञता के भार को ढोने के लिए एक अलग मजदूर करना पड़ेगा। उठिये, आइये इधर।"

वह उठकर सुलेखा के बर्थ की ओर चला गया और सुलेखा लाज-भरी मुस्कान लिये हुए जाकर उसके बिस्तर पर बैठ गई। यद्यपि वह जल्दी से रजाई खींचकर ओढ़ लेना चाहती थी, तथापि संकोच उसे दबा रहा था।

उसने पूछा, "खाना भी तो आपने नहीं खाया होगा?"

"नाः!"—सुलेखा ने उपेक्षा के भाव से कहा, "जरूरत भी नहीं है।"

"जरूरत क्यों नहीं है?" — उसने कहा, "वह टिफिन-केरियर रखा हुआ है। उस बास्केट में प्लेट हैं। खा लीजिए।"

"और आप?"

"मैंने अपना खाना समाप्त किया ही था कि आपके स्टेशन पर गाड़ी आकर रुकी।"

सुलेखा ने रजाई खींचकर गोद में डाल ली और चुपचाप बैठी रही। कदाचित् वह कुछ सोच रही थी।

उसने कहा, ''मालूम होता है, आपको खिलाने के लिए मुझे ही उठना पड़ेगा?''

सुलेखा ने संकोच करते हुए कहा, ''नहीं-नहीं, आप क्यों कष्ट करेंगे। मैं स्वयं लिये लेती हूँ।''

और वह उठकर टिफिन-केरियर के पास बैठ गई और उसे खोलने लगी।...भोजन भी समाप्त हो गया। सुलेखा आकर अपने बिस्तर पर बैठ गई। पूछा, ''मुझे क्षमा करेंगे। आपका नाम क्या है?''

उसने कहा, ''लीजिए, आपको क्षमा कर दिया। मेरा नाम जानकीशरण वर्मा है। यू.पी. का हूँ; मगर बहुत दिनों से कलकत्ते में रहता हूँ। कुछ व्यापार है, कुछ मकान हैं, कुछ टैक्सियाँ चलती हैं, इन सबसे आमदनी का एक रास्ता निकल आया है। रहता हूँ भवानीपुर में।''

सुलेखा ने बातचीत चालू रखने के लिए कहा, ''आपकी रुचि किस चीज की ओर है—राजनीति, साहित्य, स्पोर्ट...!''

जानकी ने बीच में ही बात काटकर कहा, ''मुझे किसी चीज से खास दिलचस्पी नहीं है। व्यापारी आदमी ठहरा; अगर कहूँ कि किराएदार-संघ की राजनीति से और मोबिल ऑयल और पेट्रोल आदि से मेरी दिलचस्पी है, तो आप हँसने लगेंगी। मगर दूसरे व्यापारियों की तरह मैं ढोंग नहीं करूँगा कि मुझे साहित्य और कला से रुचि है। अगर सच कहूँ तो यही कहूँगा कि अगर मौका मिल जाए, तो भर-पेट नींद लेने से मेरी खास दिलचस्पी है।''

सुलेखा इस शिष्ट व्यक्ति की बात पर मुस्कुरा गई, फिर चुपचाप लाइट बुझा दी।

गाड़ी सन्नाटे में शोर करती हुई आगे बढ़ रही थी। सुलेखा का बिस्तर गाड़ी के निश्चित ताल पर धीरे-धीरे हिल रहा था, मानों कोई धीरे-धीरे थपकियाँ लगाकर उसे सुला रहा हो। फिर भी उसे नींद नहीं आ रही थी। वह सोच रही थी कि बहुत गहराई में जाकर अगर आदर्श को देखना है, तो साधारण बात-व्यवहार में भी आदर्श की झलक मिल सकती है। उसकी बन्द आँखों के सामने जानकीशरण का चेहरा तिरने लगा। कितना शिष्ट व्यक्ति है यह? यह भी तो अपने व्यापारिक उलझन के जीवन में एक विशिष्ट आदर्श लेकर चल रहा है, जैसे कीचड़ में कमल खिला रहा हो। क्षण-भर के लिए भी किसी को सुख पहुँचा सकना कितनी बड़ी बात है?...सुलेखा को लगा कि जैसे वह जीवन की ओर वेग से उन्मुख हो रही है। वह पीछे-पीछे जा रही है और आगे-आगे चलता हुआ यही जानकीशरण वर्मा नामक व्यक्ति उसे मार्ग बतला रहा है। वह आश्चर्य से देख रही थी कि वह रास्ता सीधा नहीं, टेढ़ा है। उसे अचम्भा हुआ, क्योंकि उसने कभी नहीं सोचा था कि जीवन का मार्ग टेढ़ा है। उसने सदा से ऐसी धारणा बना रखी थी कि जिस प्रकार रेलगाड़ी सीधे रास्ते से दौड़ती हुई एक स्टेशन से दूसरे स्टेशन पर पहुँच जाती है

उसी प्रकार जीवन भी जन्म से लेकर मृत्यु की ओर जाया करता है; परन्तु यह आलोकपूर्ण मार्ग टेढ़ा है, यह उसे आज मालूम हुआ।

वह उस अँधेरे में आप-ही-आप मुस्कुराने लगा।

धीरे-धीरे उसे नींद आने लगी; परन्तु उसे अच्छा नहीं लग रहा था। वह अनुभव कर रही थी कि इतनी देर तक ठंड में रहकर उसने अच्छा काम नहीं किया है।

फिर भी उसे नींद आ गई।

गाड़ी उसी वेग से अन्धकार में दौड़ रही थी।

न जाने वह कितनी देर तक सोती रही; परन्तु एकाएक उसकी नींद उचट गई। उसे ऐसा लगा कि उसका दम फूल रहा है और बड़े जोरों से खाँसी आ रही है। उसने जानकी की नींद टूटने के भय से यथाशक्ति खाँसी को दबाया, लेकिन दबा नहीं सकी और खाँसने लगी।

खाँसने के बाद उसे कुछ आराम मिला। सुराही से एक गिलास पानी लेकर पी गई। इससे और भी आराम मिला। तब वह बत्ती बुझाकर फिर लेट गई।

लेटना था कि खाँसी फिर दूने जोरों से उमड़ी। खाँसती-खाँसती वह उठकर बैठ गई। खाँसी ऐसी कि रुकने का नाम ही नहीं लेती। वह खाँस रही है और खाँस रही है। मिनट पर मिनट बीतते जा रहे हैं। जरा-सा विराम मिलता है और वह फिर खाँसने लगती है।

किसी ने स्वीच दबाया और खट से उजियाला हो गया। वह जानकी था।

''आपको बड़ी बुरी खाँसी है।''

सुलेखा खाँसती रही। कोई जवाब नहीं दिया।

''आपको इस तरह ठंड में नहीं निकलना चाहता था।''

सुलेखा ने फिर भी कोई जवाब नहीं दिया। उसकी खाँसी रुकती ही नहीं थी।

बड़ी देर के बाद उसकी खाँसी रुकी। खिड़की खुल नहीं पाई थी। इसलिए उसने बलगम डिब्बे के अन्दर ही थूका था। जानकी ने बिजली की रोशनी में देखा कि उस बलगम के ऊपर खून की लाल रेखाएँ चमक रही हैं। वह एक बार सिहर उठा।

जानकी ने सुराही से ढालकर उसे जल पिलाया, फिर उसे लेटाते हुए कहने लगा, ''घबराने की बात नहीं है। ऐसा तो होता ही है। जिन्दगी में बहुत-सी गलत बातें आकर आप-से-आप इकट्ठी होती रहती हैं। उन गलतियों से गुजरते हुए भी अपने-आपको सही बनाना पड़ता है। करुणा से भी आदमी को आनन्द लेना पड़ता है। आदमी को थकना नहीं चाहिए, हारना नहीं चाहिए। रोग तो प्रकृति की चेतावनी है, वह मौत नहीं है। आप तो बदहवास हो गई हैं। घबराइये नहीं। कलकत्ते में डॉक्टर सन्याल इस मर्ज के विशेषज्ञ हैं। उनसे जरूर मिलिएगा, हाँ। रोग है, तो उससे लड़ने में ही मजा है। वह रोग जो हमें हराता है, अगर हम स्वयं उसे हरा दें, तो कितनी बड़ी बात होगी।''

सुलेखा जानकी की बातों में आश्वस्ति पा रही थी। उसने करुण आँखों से उसकी ओर देखते हुए कहा, "मुझे बहुत खराब रोग हो गया है। शायद मैं नहीं बच सकती।"

जानकी ने जोर देते हुए कहा, "आप डॉक्टर सन्याल से मिलिये तो सही। उसने इस मर्ज के असाध्य-से-असाध्य रोगियों को आराम किया है।"

सुलेखा ने कहा, "यह आराम होनेवाला रोग है ही नहीं।"

"आप कहती क्या हैं?"...उसके बाद जानकी एक ऐसे व्यक्ति का वृत्तांत कहने लगा जो बहुत गरीब आदमी था और जिसे टी.बी. हो गई थी; लेकिन किसी कविराज की एक साधारण-सी दवा से वह अच्छा हो गया और आजकल रिक्शा खींचता है। फिर उसने दूसरे आदमी का उदाहरण दिया, जो कहीं डिप्टी-मैजिस्ट्रेट था; मगर डॉक्टर सन्याल की दवा से वह तीन महीने में ही अच्छा होकर चला गया। फिर उसने एक मध्यवित्त परिवार की स्त्री के बारे में बतलाया कि वह अदरख का भस्म खाकर अच्छी हो गई और अभी तक हट्ठी-कट्ठी मौजूद है। रोग का इलाज होना चाहिए। रोग तो दूर होगा ही, चाहे वह कैसा ही रोग क्यों न हो। मन में साहस और उत्साह रखना चाहिए। कहा भी है कि 'मन के हारे हार है, मन के जीते जीत!' फिर उसने आसाम के आदिम निवासियों की बात चलाई और बतलाया कि किसी आदिवासी को टी.बी. होती है, तो वह बत्तख का खून पीकर आराम हो जाता है। छोटानागपुर के आदिवासी भी इस रोग में सूअर का टटका खून पिलाते हैं। उसके बाद वह उस आदमी की बात कहने लगा जो सड़कों पर घूम-घूमकर फेरी देता हुआ बनियान आदि बेचता था। उसे टी.बी. हो गई थी और वह अपना सारा काम करते हुए ही केवल संकल्प-शक्ति के द्वारा अच्छा हो गया था। उसके बाद उसने एक करोड़पति व्यापारी की बात कहना शुरू किया जिसका इतिहास लम्बा था।...

सुलेखा सुनती रही, सुनती रही, आश्वस्त होती रही, उत्साह पाती रही, हिम्मत बाँधती रही; फिर उसे नींद आ गई।

जब उसकी नींद टूटी, तब उसने देखा कि सबेरा हो रहा है। चारों ओर नारियल के पेड़ हैं और बंगाल की हरी-भरी भूमि पर गाड़ी दौड़ती हुई जा रही है। रेलवे लाइन के किनारे-किनारे जल से भरे हुए गड्ढे हैं, जिनके जल पर हरी काई पड़ गई है। वहाँ पुरइन के पत्ते हैं और कमलिनी के फूल जल से ऊपर उठकर मुस्कुरा रहे हैं। बंगाल की नारियाँ घड़े में जल लेकर और स्नान करके भींगा वस्त्र पहने हुए ही अपनी झोपड़ी की ओर जा रही हैं, जो उस आम और नारियल के पेड़ों के बीच हुगला घास के सूखे पत्तों से छाई हुई है। उन स्त्रियों को ठंड नहीं लगती? वे बीमार नहीं पड़तीं? सुलेखा ने अपने मन में कहा—वह स्वयं जीएगी, जरूर जीएगी। इस व्यक्ति ने जीवन का मार्ग बतला दिया है। उस पर चलना और न चलना मेरी अपनी

बात है। न चलने का उत्तरदायित्व मुझ पर है। नहीं-नहीं, मैं जीवन और आरोग्य के मार्ग पर अवश्य चलूँगी। चलना ही होगा।

उसने गर्व से जानकीशरण की ओर देखा; लेकिन वह अभी तक सो रहा था। उसकी स्नेहसिक्त वाणी अब भी सुलेखा के कानों में अमृत के समान गूँज रही थी। उसने अनुभव किया कि मनुष्य की वाणी में कुछ नहीं है, जो कुछ है वह उसकी सहानुभूति और आर्द्रता में है। भाव ही सब कुछ है। बाकी व्यर्थ है। यह जानकीशरण कितना भला आदमी है। यह आदर्शवादी नहीं लगता, महान् भी नहीं मालूम होता, फिर भी यह जो कुछ है, बहुत है। जीवन में ऐसे आदमी मिलते ही रहते हैं; लेकिन मनुष्य उससे कुछ सीखना नहीं चाहता, इसीलिए सीख नहीं पाता। यदि मनुष्य चाहे, तो सबसे कुछ-न-कुछ अच्छा जरूर सीखता है। यही चाहिए। सुलेखा अब से यही करेगी।

सहसा जानकीशरण सोकर उठ गया। बैठकर एक बार अँगड़ाई ली और उठकर चुपचाप बाथरूम में चला गया। सुलेखा की ओर लक्ष्य भी नहीं किया।

भीतर से वह तौलिया से मुँह पोंछता हुआ बाहर आया। फिर सुलेखा को लक्ष्य कर कहने लगा, ''रात को आप बहुत घबरा गई थीं; लेकिन आदमी को घबराना नहीं चाहिए। हिम्मत, अध्यवसाय और सतत् साधना का नाम ही जिन्दगी है। दुनिया में रहना है। यहाँ घबराना नहीं है; भयभीत होना नहीं है और निराश होना भी नहीं है। अँधेरे में ही उजाला होता है।...''

सहसा उसकी दृष्टि सुलेखा के बलगम की ओर जाकर स्थिर हो गई। वह बोलते-बोलते एकाएक चुप हो गया। उस बलगम पर अब भी रक्त की रेखाएँ चमक रही थीं।

बड़ी देर के बाद जानकी ने कहा, ''आपको हिम्मत करना चाहिए!''

सुलेखा ने कृतज्ञता की ध्वनि में कहा, ''आपने मुझे जीवन के प्रति नई दृष्टि दी है। आपने जितना उत्साह मुझे दिया है वही बहुत है। उस उत्साह को मैं खोना नहीं चाहूँगी।''

सुलेखा की आँखें चमक गईं।

थोड़ी देर के बाद हावड़ा स्टेशन आ गया। गाड़ी खड़ी हुई। जानकीशरण ने मजदूरों पर अपना असवाब लदवाया और डिब्बे से उतर गया। प्लेटफार्म पर उतरकर उसने कुलियों पर लदे हुए अपने सामानों को गिना और अपने हाथ की छड़ी को नचाता हुआ आगे चलने लगा।

सुलेखा के मन में एक क्षोभ हुआ, क्योंकि उसने इसके प्रणाम का प्रत्युत्तर भी नहीं दिया। जाते समय शिष्टाचार की दो बातें भी नहीं कह गया। अगर सुलेखा को कभी अपने यहाँ बुलाया होता, तो वह कृतार्थ हो जाती। परन्तु इसके लिए क्या करना है। सुलेखा ने अपने मन में कहा, ''जितना उनसे पा सकी हूँ, वही बहुत है।''

सुलेखा उत्साहित होकर उठ खड़ी हुई और डिब्बे से बाहर निकल गई। प्लेटफार्म पर वह दृढ़ पैर रखती हुई आगे की ओर जा रही थी। उसके नेत्र उज्ज्वल थे। वहाँ किसी निश्चय का तेज दीख रहा था।

इस बात को छह महीने गुजर गए।

उस दिन वह डॉक्टर सन्याल के कमरे में बैठी हुई थी और डॉक्टर सन्याल सुलेखा के एक्स-रे-चित्र को देखते हुए आश्चर्य प्रकट कर रहे थे। वे कह रहे थे, ''अब किसी तरह का दाग नहीं है। सारे 'पैच' आपसे-आप ठीक हो गए। अब आपको रोगमुक्त कहा जा सकता है—बिल्कुल रोगमुक्त। आपने तो कमाल कर दिया, मिस!...''

सुलेखा उसके कमरे से बाहर निकली। डॉक्टर सन्याल भी उसके पीछे था।

और, कमरे से बाहर निकलते ही सुलेखा स्तब्ध हो गई। उसके सामने जानकी वर्मा बैठा हुआ था। वही जानकीशरण वर्मा! दुर्बल, शीर्ण, रोगी! चेहरे पर निराशा और कातरता के चिह्न। सुलेखा पर तो मानो वज्रपात-सा हो गया। वह ठिठक गई।

डॉक्टर सन्याल ने जानकी को देखकर आश्चर्य प्रकट करते हुए कहा, ''कहिये मिस्टर वर्मा! आप यहाँ कैसे?''

वर्मा ने अपने होंठों पर क्षीण मुस्कान की एक रेखा खींचते हुए कहा, ''इधर खून के कै हुए हैं। एक्स-रे का फोटो लेकर आपके पास आया हूँ।''

''यह कैसे?''—सन्याल ने फिर आश्चर्य से पूछा।

वर्मा ने सुलेखा की ओर बतलाकर कहा, ''यह भी एक संयोग था। इनके साथ रेलगाड़ी के एक बन्द डिब्बे में मुझे बारह घंटों तक रहना पड़ा। उस बात को मैं कभी भूल नहीं सका और इनके रोग ने मुझे पकड़ लिया!''

मूल्य

उराँवलोगों की उस बस्ती में दूलो बड़ी प्यारी और अभिमानिनी लड़की थी। यह कहना कठिन है कि उसमें रूप ज्यादा था या अभिमान अधिक था। शौकीन भी वह कम नहीं थी। कान में काँच-जड़ा तरपत, वक्षस्थल पर मूँगे की माला। उसके दोनों पैरों की तर्जनियों में दो-दो ढीली अँगूठियाँ थीं और जब वह चलती थी, तो पैरों की अँगूठियाँ चाटुंग-चाटुंग बजने लगती थीं। उसकी सुरीली बोली गीत की तरह लहरा जाती थी और उसकी कजरारी आँखों में अनुराग-भरा भोलापन लिये हुए एक अभिमान की छाया थी। केश उसके घुँघराले थे जिसका उसे गर्व था। अपने सिर का जूड़ा वह मुँडा लड़कियों की तरह टेढ़ा करके बाँधती थी और उस जूड़े के ऊपर सिरगुजिया का पीला फूल खोंस लेती थी।

दूलो के घर में निर्विकार भाव से चुप रहने वाला उसका बाप भत्तू था, हमेशा हाथ चमका-चमका कर झल्लाती रहनेवाली उसकी माँ दूगी थी और दूलो से दो साल छोटा चौदह साल का उसका भाई था जिसका नाम था जगराय। जगराय गाय और बकरियों को चराने में कुशल था। खेती के दिन आते तो बाप उसका काम करता था और नहीं तो यों ही चुपचाप घर के बाहर बैठा हुआ अपनी स्त्री की बातें सुनता रहता था। और उसकी स्त्री दूगी के पास न जाने कितनी बातें थीं कि वह दिन-रात हाथ चमका-चमका कर कुछ कहती रहती थी और भत्तू सुनता रहता था। वे लोग जमीन और खेती की बातें करते थे, साँप और शेर और भूतों की बात करते थे, जिन्दगी और उसकी समस्याओं की बात करते थे, महँगी और अनैतिकता की बात करते थे और मौसम की बातें करते थे। रोज एक ही तरह का दिन आता था और रोज ही प्राय: उसी एक ही तरह की बातें हुआ करती थीं। मगर भत्तू तो बात क्या करेगा, वह चुपचाप अपनी स्त्री की बातें सुनता रहता था और कभी-कभी बीच में अपना मंतव्य प्रकट कर दिया करता था। जिस समय वह अपनी स्त्री के सामने अपना मंतव्य प्रकट करता था उस समय उसका चेहरा करुण हो जाता और आँखों में तेजी आ जाती और ऐसा लगता जैसे वह किसी फैसले के विरुद्ध हाईकोर्ट में अपील कर रहा हो।

दूलो परिश्रमी लड़की थी। घर का काम करती, बाहर का काम करती। धान उबालने के लिए पत्ते बटोर लाती, गोबर बीनती, उपले पाथती, इधर–उधर से साग तोड़ लाती, रसोई बनाती और पत्थर की टोंगरी पर जाकर धान कूटती। जब रात होती, तो वह किसी टहनी की तरह झूमती हुई और भृंगी की भाँति गुनगुनाती हुई 'अखरा' पहुँच जाती। वहाँ जाकर वह नृत्य और गीत में इस तरह खो जाती कि अपनी तन की सुध भी नहीं रहती।

सब कुछ ठीक था; लेकिन दूलो सोलह साल की हो गई थी और अभी तक उसका विवाह भी नहीं हुआ था, यही एक खटकनेवाली बात थी।

कार्तिक का महीना बीत रहा था। दूलो उस दिन बाजार करने बाहर चली गई थी। दोपहर का समय था। भत्तू घर के बाहर कम्बल बिछाकर धूप में बैठा हुआ था और उसका बादामी रंग का कुत्ता उसके पास ही जमीन पर लेट गया था। इसी समय दूगी आकर उससे बोली, "ए जी, हमलोगों का बैल तो पिछले महीने में ही मर गया। अब क्या होगा?"

भत्तू इस बात से चौंक कर अपनी स्त्री की ओर इस तरह देखने लगा मानो उसने कोई नया समाचार सुना हो। फिर कुछ सोचकर बोला, "हाँ, बैल तो मर गया। क्या क़रें, जो बोंगा[1] करते हैं, वही होता है।"

दूगी ने कहा, "नहीं जी, हमें तो ऐसा लगता है कि किसी डाइन ने उस पर डीठ गड़ा दी। गाँव और घर के बोंगा भी मदद नहीं करते। कहो, ऐसे क्या होगा?"

भत्तू ने कहा, "गरीब की मदद कोई नहीं करता। अब तो हल भी नहीं चला सकूँगा। बैल फूट हो गया है जो!"

"मगर हल नहीं चलेगा, तो घर में एक दाना भी नहीं आवेगा। बैल के लिए तो कोई उपाय करना ही पड़ेगा।" दूगी ने कहा, "बैल के बिना किसान का घर सूना है। बैल तो तुम्हें खरीदना ही होगा।"

कहने को तो दूगी कह गई; मगर बैल किस तरह खरीदा जाए? घर में पैसे नहीं, बाहर से कोई उम्मीद नहीं। जिन्दगी तो यों ही किसी तरह चली जा रही है इसका कुछ अता–पता नहीं लगता। फिर ऐसे समय में बैल खरीदना! भत्तू ने सोचकर समस्या का निदान करते हुए कहा, "क्या करेंगे, दूलो को बेच[2] देंगे।"

दूगी की दोनों हथेलियाँ चमकने लगीं। वह चंचल होकर बोली, "तुम तो कब से कहते हो कि दूलो को बेचेंगे। जब छप्पर टूट गया था तब तुमने कहा था दूलो को बेच देंगे, फिर जब मालगुजारी के लिए नालिश हुई तब भी तुमने कहा कि दूलो को बेच देंगे। उसके बाद जब कुआँ खोदने का सवाल आया था तब भी तुमने कहा था कि दूलो को बेच देंगे। मगर तुम्हारी वह दूलो बिकती कहाँ है? वह तो शाल के

---

1. बोंगा—देवता और भूत।
2. आदिवासियों में लड़की का मूल्य लेकर बेचने की प्रथा है। इसी तरह उनके यहाँ विवाह होता है।

पेड़ की तरह दिन-दिन बढ़कर छतनार हुई जा रही है। कब वह बिकेगी और कब तुम बैल खरीदोगे?''

भत्तू ने जैसे प्रार्थना करते हुए कहा, ''कोई उसे खरीदनेवाला आ जाएगा तो बेच देंगे। कोई आता ही नहीं, तो हम क्या करें? जो आता है वह भी अच्छा दाम नहीं देता। दूलो हमारी कैसी लड़की है यह तो तुम जानती ही हो!''

दूगी बोली, ''लड़की वह चाहे कैसी भी हो; मगर वह सायंकाल की छाया के समान बड़ी हो गई है। उसे अब घर में रखना नहीं है। वह आजकल बहुत गीत गुनगुनाती रहती है, जब मांदर की आवाज उसके कानों में आती है, तो उसके पैर थिर नहीं रह पाते। जंगल की ओर से जब मुरली की टेर सुनाई पड़ती है, तो वह साग तोड़ने के बहाने उसी ओर छूट पड़ती है। ये उसके दिन हैं। अब उसे बेच ही देना होगा। गाँववाले कुछ कहते हैं, घर का बोंगा कुछ और ही सपना देता है। कल तो रात के समय मैंने एक छाया को पूरब से पश्चिम की ओर जाते हुए देखा था। न जाने वह क्या था।''

भत्तू ने दार्शनिक के समान निर्विकार भाव से कहा, ''क्या करें, जो दूलो को माँगने के लिए आते हैं वे उसका वाजिब दाम नहीं दे पाते। फिर मैं भी कहता हूँ कि चलो जाने दो।''

दूगी के दोनों हाथ फिर नाचने लगे। बोली, ''तुम तो चाहोगे कि दूलो को बेचकर बैल खरीद लें; मगर भला कहीं बैल के जितना भी बेटी का दाम मिलता है? आदमी के दाम से बैल का दाम हमेशा ज्यादा रहा करता है।''

भत्तू ने कहा, ''क्या बात करती हो! जब मैंने तुम से विवाह किया था, तो दो बैल दिये थे और दो काठ[1] धान दिया था, तब जाकर कहीं तुमसे मेरा ब्याह हुआ। अपनी बात तो याद करती नहीं, इधर-उधर की बात ले बैठती हो।''

दूगी ने अपना हाथ फिर चमकाया। कहने लगी, ''उस समय चीजें सस्ती थीं। सस्ती की बात ही कुछ और होती है। सस्ती के समय आदमी महँगा होता है और चीजें सस्ती मिलती हैं; मगर महँगी के समय तो आदमी ही सस्ता हो जाता है और चीजें महँगी हो जाती हैं और जानवर भी महँगे मिलते हैं। आज के इस जमाने में रहकर तुम आदमी की कीमत से बैल का दाम चाहोगे, तो वह हो नहीं सकता।''

भत्तू ने कहा, ''तो फिर हम क्या करें? बैल भी तो जरूरी चीज है। उसके लिए हम कहाँ से पैसा लावें?''

मगर दूगी को इस बात से भी सन्तोष नहीं हुआ। वह हाथ चमकाती रही और बकबक करती रही और भत्तू चुपचाप सुनता रहा। उसके बाद भी दूगी को सन्तोष नहीं हुआ और वह बड़बड़ाती हुई पड़ोसिन के पास पहुँची और वहाँ भी यही

1. काठ मन, चालीस सेर का वजन

खटराग ओटती रही। तब फिर वह दूसरी पड़ोसिन के पास पहुँची, फिर तीसरी पड़ोसिन...। जब वह चौथी पड़ोसिन से मिलने गई, तो वह घर पर नहीं थी, उसका पति था। दूगी उसी के पास अपनी बात ले बैठी और बकबक करने लगी।

दूसरे दिन रात के समय जब दूलो 'अखरा' से नाचकर लौटी आ रही थी तो जरा एकान्त में उसके साथी जवरा ने उसे छेड़ा। बोला, "अरी दूलो, तुम्हारे जूड़े में जो यह सिरगुजिया का पीला फूल है वह किसके लिए है?"

दूलो ने चाँदनी रात में उसकी ओर देखा और बोली, "तुम्हारे ही लिए है बन्धु!"

"और तुम्हारे कानों में जो लाल तरपत है और गले में जो मूँगा की माला है वह किसके लिए हैं?"

दूलो ने खिलखिलाकर जवाब दिया, "तुम्हारे ही लिए हैं बन्धु!"

"और तुम्हारी चंचल चितवन, नदी की तरह उमड़ती हुई जवानी, तन और मन का प्यार—वह किसके लिए है?"

दूलो तनिक सकुचा गई। फिर मुस्कुरा कर बोली, "अगर तुम चाहो तो वह भी तुम्हारे ही लिए है!"

"मगर मैं तुम्हें महँगे दाम में खरीद नहीं सकता। जानती ही हो कि आजकल आदमी से भी ज्यादा बैल का दाम है। उतना मैं कहाँ से लाऊँगा? सोचो तो सही।"

दूलो के मन में सच्ची बात चुभ गई। कुछ सोचकर बोली, "तो जाने दो, तुम्हें मेरा मूल्य चुकाना नहीं पड़ेगा। मैं तुम्हारे यहाँ 'ढूकू'[1] चली जाऊँगी।"

जवरा ने कहा, "यह तो और भी नहीं हो सकता। तुम्हारी माँ मेरी माँ से लड़-लड़कर उसे परीशान कर देगी।"

"तब?"

"आओ, चलें; हमलोग भूटान भाग जाएँ!"

"दूलो ने दृढ़ स्वर में कहा, "मगर मैं न अपने बाप-माँ को छोड़ सकती हूँ और न इस पहाड़ी गाँव को। मैं भूटान भी नहीं जाऊँगी और तुम्हें भी नहीं छोड़ूँगी!"

दूलो ने उसकी सूती चादर का पल्ला पकड़ लिया। उस समय उसकी उँगलियाँ काँप रही थीं और सर्वांग थरथरा रहा था।

जवरा ने कहा, "तो मैं भी तुम्हें छोड़ नहीं सकता। आओ, चलें।"

"कहाँ?"

"उस घने जंगल में!"

और वे लोग उसी रात के समय उस जंगल की ओर जाने लगे जिस ओर से सियारों के बोलने की आवाज आ रही थी।

1. ढूकू—कोई स्त्री जब किसी पुरुष के यहाँ बिना विवाह के रहने लगती है, तो उसे ढूकू कहा जाता है।

दूसरे दिन अपने पति के सामने दूगी अपने स्वभाव के विपरीत सिर पर हाथ रखकर चुपचाप बैठी हुई थी। उसकी आँखें आँसू से डबडबाई हुई थीं। भत्तू धीमी और हारी हुई आवाज में उसे समझा रहा था कि जाने दो, चली गई तो क्या हुआ। उसकी किस्मत उसके साथ थी। अब हमलोग बैल खरीदने के लिए दूसरा उपाय करेंगे।

कि इसी समय जवरा और दूलो आकर उनलोगों के सामने खड़े हो गए। जवरा आगे था और सिमटी हुई दूलो उसके पीछे थी और लजा रही थी।

उसकी माँ दूगी ने उसकी ओर कुपित आँखों से देखा; मगर कुछ भी नहीं बोली।

भत्तू ने कहा, ''बेटा जवरा, अगर तुम्हें मेरी लड़की को ले जाना ही था तो माँगकर ले जाते।''

जवरा ने कहा, ''बा, माँगने की मुझमें हिम्मत कहाँ थी। गरीबी सब कुछ कराती है। कहाँ से हम दूलो का दाम चुका पाते और कहाँ से हम बारात लाते और सभी लोगों को खिला-पिलाकर सन्तुष्ट करते?''

भत्तू ने इस बात का कोई जवाब नहीं दिया।

कुछ देर के बाद भत्तू ने एक लम्बी साँस ली और बोला, ''हमने सोचा था कि जब दूलो को बेचेंगे, तो एक बैल खरीदेंगे।''

जवरा ने उत्साह से कहा, ''बा, तुम बैल नहीं खरीद सके, तो इससे क्या? मैं जो हूँ। मैं किसी भी बैल से ज्यादा काम कर सकता हूँ। मेरी सारी सेवाएँ तुम्हारे लिए हैं। मैं तबतक तुम्हारी सेवा करता रहूँगा। जबतक कि दूलो का दाम न चुक जाएगा।''

तब भत्तू गद्गद हो उठा और जवरा को उसने गले से लगा लिया। माँ की आँखें भी खुशी से चमकने लगीं।

पहली भीख

गोरी और छरहरी शीतला ऐसी है कि जिसके सिर पर छाँव नहीं होती। वह ऐसे लोगों में थी जो सड़क पर जन्म लेते हैं, सड़क पर चलते हैं, सड़क पर सोते हैं और सड़क पर ही उनका सारा काम-काज चलता है। वहीं वे जन्म लेते हैं, वहीं जीते हैं और वहीं मर भी जाते हैं। सड़क पर ही वे कलह करते हैं, प्रेम करते हैं और शादियाँ तक रचाते हैं। सड़क पर ही उनके मित्र और शत्रु बनते तथा बिछुड़ते हैं। सड़क पर ही उन्हें गालियाँ मिलती हैं और वहीं उन्हें भोजन और पैसे मिलते हैं। सड़क और सड़क की भीड़ के अनुसार ही वे फैले और सिकुड़े हुए नजर आते हैं। साबुन के गन्दे और घिनौने फेन की तरह वे सड़कों पर ही बहते हुए और रुके हुए दिखलाई पड़ते हैं।

शीतला ने जब जन्म लिया था, तब उसे देख कर उसकी माँ की आँखें शीतल हो गई थीं। इसीलिए उसका नाम शीतला पड़ा। अपनी माँ की तरह शीतला भी भीख माँगने में कुशल थी। बचपन में वह रो-रोकर लोगों की करुणा जगाती थी और भीख माँगती थी। बड़ी हुई तो आकर्षण जगा-जगा कर पैसे-दो-पैसे का रोजगार कर लेती थी। तब धीरे-धीरे उसको प्रेम भीखा से हो गया और वह अपनी माँ को छोड़कर उसके साथ चली गई।

भीखा दूसरी सड़क पर एक टायर के विज्ञापन के नीचे रहता था। शीतला उसके साथ रहने लगी।

दूसरे-तीसरे भिखमंगे शीतला को देखते थे, भीखा को देखते थे और भीखा के भाग्य को सराहते थे। जब वे भीखा के भाग्य को सराहते थे, तब शीतला मन्द-मन्द मुस्काती थी।

मगर भीखा आदमी अच्छा नहीं निकला। उसने शीतला के पैसे भी छीन लिए और उसे मारा, बहुत मारा। मगर जब उसने सड़क पर पुत्र प्रसव किया तब भीखा ने शीतला से मेल कर लिया।

लड़का तीन महीने का हो गया है। बड़ी-बड़ी आँखें हैं। वह हुमकता है और हाथ-पैर चलाता रहता है। शीतला उसे मुग्ध दृष्टि से देखती है, मगर भीखा बड़बड़ाता है और अपने बेटे को गाली देता है, "इस लुच्चे को देखो। मुलुर-मुलुर देखता है। कितनी बड़ी-बड़ी आँखें हैं इसकी। इस कमीने को भला कौन भीख देगा?"

आजकल जमाना खराब है। बड़ी मुश्किल से भीख मिलती है। भीखा उसे भीख माँगने की योगयता देना चाहता था। उस लड़के की आँखें फोड़ देना चाहता था। मगर शीतला उसे रोकती थी। कहती थी, "जैसा मेरा राजा बेटा है, वैसा ही रहेगा। इसे बढ़ने दो। जी जाएगा तो जैसी अपनी तकदीर होगी, कमाएगा और खाएगा।"

भीखा को ऐसी नासमझी पसन्द नहीं आती। भीखा उसपर झपट पड़ता, "अरी कमीनी, अगर यह तकदीर वाला होता तो हमारा ही बेटा होकर जन्म लेता? तकदीर वाले उन अटारियों के नीचे पैदा होते हैं और मोटरों पर चलते हैं। इसने हमारे यहाँ जन्म लिया है तो इसके बारे में अगाड़ी-पिछाड़ी सोचना ही होगा। इसे हमें भीख माँगने के लायक बनाना ही पड़ेगा।"

शीतला बार-बार इसका प्रतिवाद करती और भीखा अपनी पत्नी को गालियाँ देता। कभी वह शीतला को मारता और कभी-कभी तो बच्चे को छीनकर पटक भी देता था। तब शीतला भी उसे बदले में गालियाँ देती और कभी-कभी दाँतों से भीखा को काट लेती।

एक दिन शीतला जरा देर के लिए कहीं गई थी। बच्चा भीखा के पास ही था कि शीतला ने लौटकर देखा—उसका बच्चा बड़े जोर-जोर से चिल्ला कर रो रहा है और उसकी दोनों आँखों से लहू बह रहा है। भीखा ने उसकी आँखें फोड़ दी थीं। पास ही खून से रंगा हुआ सूआ पड़ा था।

शीतला रोने लगी। ईंट उठा कर भीखा को मारने के लिए दौड़ी। मगर जब उसने भीखा की आँखों में देखा तब वह सहम गई। उसे लगा कि अगर मैंने कुछ किया तो भीखा मेरा भी खून कर देगा। तब वह छाती पीटने लगी और हाय-हाय करने लगी। रात-भर लड़का रोता रहा, चिल्लाता रहा और रात-भर शीतला अपने पति को सरापती रही। उसे लगता था कि उसका बेटा नहीं बचेगा। तब वह स्वयं भी मर जाएगी। ऐसा जीवन जीकर ही क्या होगा। मगर जब उसने तीन-चार दिन में देख लिया कि लड़का बच जाएगा, तो उसने भीखा के भोजन में चुपके से जहर मिला दिया। जब जहर का असर हुआ तब भीखा शीतला को गन्दी-से-गन्दी गालियाँ देने लगा और शीतला उसके अपराधों का उलाहना देने लगी। इसी प्रकार एक-दूसरे पर दोषारोपण करते हुए भीखा मर गया। भीखा ने अन्तिम बार कहा था, "मुझे जहर देकर मारनेवाली डाकिनी, तू कभी सुख से नहीं रह सकेगी।"

इतना कहने के बाद उसका दम टूट गया। शीतला ने कहा था, "जिसने मेरे बेटे की आँखें फोड़ी हैं, वह मर कर भी आराम नहीं पाएगा।"

भीखा मर रहा था, मगर शीतला को विश्वास है कि उसने यह श्राप भी सुना और सुनकर ही वह मरा था। भीखा मर गया, तो शीतला फफक-फफक कर रोने लगी, क्योंकि अब संसार में उसका कोई नहीं था, क्योंकि अब वह निपट अकेली हो गई थी। उसे लगता था कि यह दुनिया जीने लायक नहीं है। इस जीवन में है ही

क्या! मगर उसकी गोद में एक अन्धा बच्चा है। उसे सहारा चाहिए। इसी लिए शीतला जीएगी। सड़क यहाँ से वहाँ और इधर से उधर जाती है, उसी तरह शीतला भी कहीं-न-कहीं जी लेगी, किसी तरह रह लेगी। उसने उस जगह को छोड़ दिया और गोद में बच्चे को लिए हुए भीख माँगती हुई चल पड़ी।

उस बात को कई वर्ष बीत गए। अब उसकी गोद का बच्चा पाँच साल का है। उसका नाम पड़ा है मथुरा। शीतला ने किसी को इसी नाम से पुकारते हुए सुना था, इसलिए उसने भी अपने लड़के को मथुरा नाम दे दिया। वैसे वह यह भी नहीं जानती कि मथुरा का अर्थ क्या है, या कि मथुरा एक नगर है।

मथुरा साँवला है, सलोना है और रूपवान है। बोली भी उसकी बड़ी प्यारी है। समझदार भी वह कितना है। सिर्फ वह देख नहीं सकता। जब शीतला कोई अच्छी चीज देखती है, तब उसके मन में एक हूक उठ आती है। हाय, उसका बेटा इस सुन्दरता को नहीं देख सकता, कभी नहीं देख सकता। संसार कितना सुन्दर है, मगर मेरे मथुरा के लिए कुछ भी नहीं। मथुरा चल भी सकता है। ठुमुक-ठुमुक कर अच्छा चलता है। मगर उसकी माँ उसे चलने नहीं देती। कहीं ठोकर न खा जाए, कहीं गिर न जाए। शीतला भीख माँगते समय भी मथुरा को गोद में लिये फिरती।

उस दिन मथुरा ने कहा, ''माँ री, तू भीख माँगती है। मुझे क्यों नहीं माँगने देती? अब मैं भी बड़ा हो गया। अब मैं भी माँगूँगा।''

वह माँ की गोद से उतर गया और अपनी माँ के हाथ से भीख माँगनेवाला एल्यूमिनियम का कटोरा उसने ले लिया। सामने एक सिख सरदार की छोटी-सी मनिहारी की दुकान थी। जैसा कि कहा जाता है, मथुरा ने अपनी प्यारी और तुतली आवाज में कहा, ''बाबा, कुछ दे-दो—भला होगा।''

बूढ़े सिख सरदार ने उसके कटोरे में पाँच पैसे का सिक्का डाल दिया। कटोरे में आवाज हुई और मथुरा खुशी से उछल पड़ा। हाथ में सिक्का लेकर वह चहक उठा। यह उसकी पहली कमाई थी। माँ री, यह पाँच पैसा है। माँ री, इसे तू ले-ले। देख, अब मैं भी भीख माँगने लगा। मथुरा अपनी खुशी में फूला नहीं समा पा रहा था। शीतला गद्‌गद हो उठी...।

तब सिख सरदार ने उसके हाथ पर एक टॉफी रख दी। ले बेटा, इसे खा। मथुरा टॉफी पाकर नाचने लगा, सचमुच नाचने लगा, ''माँ री, तू भीख माँगती है, तो तुझे ऐसी चीज नहीं मिलती। देख तो सही, कितना बढ़िया है, कितना मीठा!''

तब शीतला ने उसे गोद में उठा लिया। उसे गले से लगाकर रोने लगी और चूमने लगी। हाय, यह दुनिया कितनी अच्छी है! वह जीने के लायक है, जी जुड़ा कर जीने के लायक है।

बरसते पानी में तैरते आँसू

जमील की पत्नी है जमाल। बड़ी हसीन है जमाल, जैसे सोती हुई चाँदनी, जैसे जागती हुई सुबह। अपनी नरगिसी आँखों से वह दुनिया देखती है तो उसके मन में भी कुछ आ जाता है। जो मन में आ जाता है उसे जमाल लिख लेती है। जो वह लिख लेती है वह नज्म हो जाती है। जमाल कवयित्री है।

जमाल और जमील में अनुप्रास है, यमक है, तुक है। कविता की दो पंक्तियों की तरह दोनों का अस्तित्व एक में बँधा है। दोनों का एक नाता है, जो सारी जिन्दगी का नाता है। दोनों साथ-साथ रहते हैं। फिर भी साथ रहना नहीं हो पाता। दोनों समानान्तर सड़कों पर इस तरह जा रहे हैं मानों आपस में भेंट भी नहीं होती।

उदास हो जाती है जमाल। गाल पर हथेली रखकर वह सोचती है, फटी आँखों से देखती रहती है। जमील उसे सूरजमुखी कहता था। वह सूरजमुखी अब सूख गई है। आदमी कभी-कभी ही गलती करता है। जमाल कभी-कभी ही हँसती है। जमाल की जिन्दगी सूखी है। उस की नज्मों में सूनेपन का एक दर्द भर गया है।

शहर में रहना हो, तो आदमी किसी-न-किसी तरह अरमानों का रस निचोड़ ही लेता है। मगर यहाँ निपट देहात है। न मालूम कैसे यह गाँव सबडिवीजन बन गया है। फिर अस्पताल का यह क्वार्टर बना भी है तो एकदम वीराने में। यहाँ किसी से मुलाकात नहीं होती। दिल का दर्द रिसता जाता है। दिल का दर्द नासूर बन गया है। वह कभी अच्छा नहीं होगा। जमाल के पास किताबें बहुत हैं। पहले वह किताबों को पढ़ती हुई अपने आपको भूल जाती थी। अब उसने किताब पढ़ना छोड़ दिया है। किताबें काल्पनिक कहानियाँ सुनाती हैं। किताबें काल्पनिक समस्या बनाती हैं और उन काल्पनिक समस्याओं को हल करती हैं। किताबों में भी जमाल का मन नहीं लगता। जैसे उसके चारों ओर धुआँ हो गया है और उस धुएँ में जमाल की साँस घुटी जाती है। मन नहीं लगता। जी चाहता है कि पंख पसार कर उड़ जाए। उड़ती चली जाए—दूर, बहुत दूर। क्या करे बिचारी जमाल! उसकी जिन्दगी सोती है और अरमान जागते हैं। वह घुटी जाती है, मिटी जाती है।

जमील उसका पति है। उसने जमाल को सूरजमुखी का नाम दिया है। वह जान नहीं पाता कि सूरजमुखी कुम्हला गई है। वह यह भी नहीं जानता कि कुम्हलाई हुई

सूरजमुखी सूखती जाती है। जमील डॉक्टर है। असिस्टेंट सर्जन का उसका ओहदा है। इस अस्पताल में वह मुख्य और एकमात्र डॉक्टर है। अस्पताल में उसके सिवा कोई दूसरा डॉक्टर नहीं। डॉक्टरी के अलावा ऑफिस का काम है। सरकारी डॉक्टरों को कागज-पत्तर की खानापुरी आदि से भी झख मारना पड़ता है। जेल में जाकर कैदियों की देखभाल करनी पड़ती है। फिर रोगी हैं, तरह-तरह के रोग हैं। अस्पताल में आनेवाले रोगियों की कमी नहीं। रोगियों का एक हुजुम-सा लगा रहता है। अस्पताल में सत्रह बेड हैं। एक बेड भी खाली नहीं रहती। सत्रह रोगी तो हमेशा भरे ही रहते हैं। इसके अलावा इमरजेंसी के केस। किसी को साँप काट लेता है, कोई आग से जल जाता है। अस्पताल से डेढ़ मील दूर सबडिवीजन की आबादी है। वहाँ वकील और क्लर्क, अफसर और इन्सपेक्टर रहते हैं। थोड़े मारवाड़ी और गुजराती व्यापारी हैं। एक छोटा-सा ईसाई मिशन है। सब जगह से बीमार देखने का 'कॉल' आता है। बड़ी रात गए जमील को फुर्सत होती है। लैम्प के सामने मेज पर सिर टिका कर जमाल तब तक सो गई रहती है। जमील जमाल को जगाता है, खाना खाता है और तुरन्त गहरी नींद में गाफिल हो जाता है।

आग लग जाए इस निगोड़ी जिन्दगी में! जमाल को बड़ा बुरा मालूम होता है। खुदा की कसम, ठूँठ हो गई है जिन्दगी। जमाल ने चिढ़ कर अपनी नज्मों की बही में दीयासलाई दिखला दी। या खुदा, अगर मैं मर जाऊँ, तो समझूँगी कि जी गई। अब मौत से उसे डर नहीं मालूम होता। मौत के बारे में सोचना उसे अच्छा लगता है। जमाल ने गीत सीखे हैं। वह खयाल और ठुमरी गा सकती है। वह सितार भी बजा सकती है। मगर जमाल क्या गाये और किसे सुनाये। अब तो सितार के सारे तार टूट गए हैं। सितार के तूम्बे पर गर्द की एक परत बैठ गई है। मिजराब जाने कब खो गया कि उसे याद भी नहीं।

क्या आदमी है जमील कि उससे बातें करने का भी जी नहीं चाहता। वह हमेशा हूपिंग-कफ, डिप्थेरिया, पेचिश, दमा और थाइसिस की बातें करता है। वह उन दवाइयों के बारे में बातें करता है जो नई-नई निकल कर बाजार में आई हैं। वह हमेशा रोग और रोगियों के बारे में बातें करता है। ऐसा लगता है जैसे वह रोग और रोगियों के सिवा और कुछ भी नहीं जानता। या अल्लाह, यह आदमी है या लकड़ी का कून्दा।

जमाल का मन खट्टा हो गया है। जैसे तोता अपनी एक ही रटी हुई बात को दुहराता है, उसी प्रकार जमाल अपनी एक जिन्दगी चला रही है। प्यार नहीं पा सकी, नज्मों की डगर में घूमती हुई खयालों की खूबसूरती नहीं देख सकी, संगीत के सागर में तिर नहीं सकी, कुछ भी नहीं कर सकी। जमील से सिर्फ एक समझौता पाल लिया है और जी रही है। जमील की बातों में उसका जरा जी नहीं लगता, मगर फिर भी उसकी बातें सुन लेती है। बुखार और टायफायड; खाँसी और दमा, ब्लडप्रेशर

और लकवा। जमाल को मतली-सी आने लगती है, सिरदर्द-सा होने लगता है। वह यहाँ से भाग कर कहाँ चली जाए? कभी-कभी तो जमाल के सामने चिकित्सा-विज्ञान का एक क्लास ही खुल जाता है। जमील रोग के कीटाणुओं के बारे में बतलाने लगता है, रोगों की पहचान बतलाने लगता है। जमाल को लगता है जैसे वह पागलखाने पहुँच गई है या पागलखाने में पहुँच जाएगी। कभी जमील पोस्टमार्टम या ऑपरेशन की बात बतलाता है तो जमाल का जी घिना उठता है। वह चाहती है कि यह चर्चा बन्द हो जाए। उधर जमील उत्साह प्रकट करता हुआ कहता है कि किसी दिन पोस्टमार्टम देखने के लिए वह जमाल को अपने साथ मुर्दा-घर ले जाएगा। डर से जमाल सिहर जाती है, उसकी आँखें बन्द हो जाती हैं। वह कह उठती है, "ना बाबा, मैं मर जाऊँ जब भी मुर्दा-घर की ओर पैर न बढ़ाऊँ!"

जमील को विरक्ति होती है कि जमाल की उसके पेशे से जरा दिलचस्पी नहीं। गरीब रोगियों की सेवा कितनी बड़ी बात है। मरते हुए रोगी को जिला लेना कितनी बड़ी बात है। इधर जमाल को ईर्ष्या होती थी कि रोगियों के पीछे इस तरह लगे रहते हैं; मगर मेरी ओर जरा झुकाव नहीं। पाँच मिनट के लिये भी मिलकर हँस-बोल लिया करते। मेरे पीछे कोई रोग भी लग जाता तो अच्छा था।

किस्मत की मार है। सब सहना पड़ता है। जमाल सब सहे जाती थी।

उस दिन दोनों चाय पी रहे थे। जमाल चुप थी। वह जानती थी कि कुछ कहने-पूछने पर तुरन्त रोग की चर्चा छिड़ जाएगी। मगर तब तक जमील ही बोल उठा। कहने लगा, "कल की बात क्या बतलाऊँ जमाल! कल रात जब शहर से घर लौट रहा था, तो पाया कि एक आदमी सड़क पर पड़ा हुआ है। मैंने समझा कि कोई शराबी है। पीकर सड़क के बीचोंबीच सो गया है। गाड़ी रोकी तो देखता हूँ कि एक रोगी सड़क पर गिर कर बेहोश हो गया है। नब्ज कमजोर, बेहोशी गहरी। अगर पन्द्रह-बीस मिनट और बीतते तो सारा खेल खत्म था। मैंने उसे उठा कर मोटर पर लादा और अस्पताल ले आया। उस वक्त रात के साढ़े बारह तो जरूर ही बज गए होंगे। अस्पताल में न कम्पाउंडर का पता था और न नर्स का। वह जो मेहतर है, वह भी गायब था। इधर मरीज की हालत खराब थी। डर लगता था कि कहीं साँस टूट न जाए। फिर भी मैंने उसे होशियारी से बिस्तर पर सुलाया। दवा निकाल कर दी। उसे सूई की जरूरत थी, सो भी अकेले ही लगाई। वह बड़ी अच्छी शहनाई बजाता है। उस्मान या ऐसा ही कुछ नाम है। अगर कल रात मैंने उसे नहीं देखा होता, तो विचारा अपनी जिन्दगी से चला जाता। खैर कहो कि खुदा ने मुझे उसके पास भेज दिया और मैं उसे उठाकर अस्पताल ले आया। जब उसकी हालत ठीक हुई तब मैं साढ़े तीन बजे घर पहुँचा।"

जमाल सोच रही थी कि मर जाए वह कम्बख्त शहनाई वाला। उस पर सातों सितम नाजिल हों। दुनिया में फटे-पुराने कागज के पुर्जे उड़ते ही रहते हैं, लोग मरते

ही रहते हैं, लेकिन इन मरनेवालों का जिक्र कोई भी जमील की तरह नहीं करता। जमाल की आँखों में विरक्ति झाँकने लगी। बोली, "कल सारी रात पानी बरसता रहा है।"

"हाँ, रात-भर पानी बरसता रहा है।"

जमाल ने तीखी आवाज में कहा, "जिस वक्त आप उस रोगी के पीछे लगे हुए थे उस वक्त क्या आपको यह ख्याल होता था कि कोई मुझे खोज रही है? कोई मेरे लिए जाग रही है? कोई आपको अपना सरताज मानकर पुकार रही है? क्या आपने यह महसूस किया था कि आपके लिए किसी की आँखों से आँसू बह रहे हैं?"

बोलते-बोलते जमाल की वाणी विकृत हो उठी। उसकी आँखों से आँसू उबलने लगे। फिर तो उसके होंठ काँपते ही रह गए और वह कुछ बोल नहीं सकी।

तीर अपने निशाने पर जा लगा। जमील तिलमिला उठा। उसने एक बार आँखें उठाकर रोती हुई जमाल को देखा। फिर कुछ सोचने लगा। उसका चेहरा घायल-सा था। कई मिनट के बाद उसने सिसकती हुई जमाल से कहा, "जमाल, तुम यह क्यों भूल जाती हो कि मैं एक डॉक्टर हूँ। किसी रोगी को देखते ही मैं सारी दुनिया भूल जाता हूँ, अपने आपको भी भूल जाता हूँ। सिर्फ यही याद रहता है कि यह रोगी है और मैं डॉक्टर हूँ। बस, अपना फर्ज याद रहता है कि इसका दु:ख-दर्द दूर करना ही है, इसे मौत के जबड़े से खींच कर निकालना ही है। मुझे कुछ याद नहीं रहता...मैं...मेरी सूरजमुखी...यह भूल..."

जमील की बात अधूरी ही छोड़कर जमाल उठ गई। बगल में जो कमरा था उसमें घुस कर अन्दर से दरवाजा बन्द कर लिया। उसके बाद वह चुपचाप अपनी छाती पीटने लगी, मानो वह मर गई हो और खुद ही अपनी मैय्यत मना रही हो। वह चिल्ला-चिल्ला कर रोना चाहती थी; मगर रो नहीं रही थी, सिर्फ अपनी छाती कूट रही थी।

हारा हुआ जमील उठा और अस्पताल चला गया।

इस बात की तीन महीने गुजर चुके हैं। जमाल भी अपने-आप में आ गई है। जमील उसे सूरजमुखी कहता है। जमील की वह सूरजमुखी सूखी हुई-सी लगती है, हालाँकि उसने अपने आप को बदल लिया है। वह जमील से रोग और रोगियों के बारे में पूछती हूँ। अब वह कभी-कभी मुर्दा-घर में जाकर पोस्टमार्टम देखना चाहती है; मगर जमील उसके प्रस्ताव को टाल जाता है।

वह जमील की सूरजमुखी है। वह जमाल है। जमाल सोचती है कि वह मर गई; मर कर कब्र में चली गई। उसका पति नहीं, उसका प्रेमी नहीं, केवल एक डॉक्टर उसका दोस्त है, जो उसे खाने-पीने को देता है, उसके हाथ पर तनख्वाह और फीस के रुपए रख देता है। उसका फर्ज है कि वह उस डॉक्टर से दिलचस्पी ले। जमाल दिलचस्पी लेती है, दिलचस्पी लेती हुई-सी दिखलाई देती है। मगर

जमील को तस्कीन नहीं होती। वह सोचता है कि बीच में कहीं दरार पड़ गई है। सूरजमुखी में उल्लास नहीं। सूरजमुखी सूख गई है।

जाड़े की दोपहरी। आई भी नहीं कि जाने लगती है। और यह हवा की तेजी!

किसी ने दरवाजा खटखटाया। होगा कोई रोगी के यहाँ का आदमी। जमाल ने दरवाजा खोला और बोली, "डॉक्टर साहब घर पर नहीं हैं!"

"मैं अस्पताल से ही आ रहा हूँ!" —उस आदमी ने इस तरह जमाल को सलाम किया कि वह लजा गई। उसने कहा, "आप मुझे नहीं जानतीं। मैं मुसीबत का मारा हुआ एक आदमी हूँ। उस्मान मेरा नाम है।"

"उस्मान!" हाँ, जमाल को याद आया। यही आदमी सड़क पर गिरकर बेहोश हो गया था। जमाल ने कहा, "मुझे आपके बारे में मालूम है। एक दिन आपको डॉक्टर सड़क से उठाकर अस्पताल में लाये थे।"

उस्मान बच्चों की तरह किलक उठा, "अहा, आपको भी मेरे बारे में मालूम है। कितना रहमदिल है मेरा डॉक्टर। खुदा उस पर रहमत बरसाये। उसने आपसे भी मेरे बारे में बात की। उसे जन्नत नसीब हो। बीबी जी, मैं गरीब आदमी हूँ। मैं कुछ नहीं दे सकता। मेरे पास एक शहनाई है। मैं आपको अपनी शहनाई सुनाना चाहता हूँ।"

जमाल ने कहा, "डॉक्टर साहब को आ जाने दीजिए।"

उस्मान ने कहा, "बेगम साहिबा, उन्हें फुरसत नहीं। मैं उन्हें शहनाई सुनाने को कब से दौड़ रहा हूँ; मगर उन्हें कभी फुरसत नहीं रहती। मैंने देखा है कि इन्हें कभी फुरसत नहीं रहेगी, ये हमेशा रोगियों की खिदमत में लगे रहेंगे। तब सोचा कि एक बार बेगम के पास जाकर अर्ज करूँ।"

उसके चेहरे पर आग्रह बरस रहा था। वह जमाल के सामने इस तरह झुक गया, मानो वह कोई शहजादी हो। अब शहनाई उसके होंठों के बीच में थी और उससे स्वर का झरना फूट पड़ा था। हवा का तेज झोंका आया और जमाल का हरा दुपट्टा केले के पत्तों की तरह लहराने लगा। जमाल संगीत जानती है, स्वर पहचानती है। उस्मान की भूपाली उसके हृदय में हिलारें लेने लगी। वह झूम उठी, फूल की तरह खिल गई। उसे मालूम होने लगा कि आज ही जमील से उसका निकाह होने वाला है। उसी शादी की खुशी में उस्मान शहनाई बजा रहा है।

सूखी सूरजमुखी में आज सूरज की जोत समा गई। सूखी सूरजमुखी आज शहनाई के स्वरों की रिमझिम में भीग रही है।

रसायन की पुड़िया

छोटा-सा गाँव है। वहाँ बिहारी लाल की एक छोटी-सी दुकान है। दुकान में हल्दी है, धनिया है, मिर्च-मसाला है। थोड़ी-सी चीजें हैं, बहुत-सी चीजें नहीं हैं। बिहारी लाल के पास पूँजी ही नहीं। माल खरीदे तो कैसे! दुकान चले तो कैसे? जैसे-तैसे दुकान चलती है, जैसे-तैसे बिहारी लाल का घर चलता है। रूखा-सूखा चलता है, फाकामस्ती से चलता है। कभी-कभी तो गाड़ी अटक भी जाती है। "सब भगवान की मर्जी है!" बिहारी लाल कहता है और साधु-सन्तों की सेवा करता है। वह साधुओं को बुलाता है, अपने घर पर टिकाता है, जो उससे बनता है साधु-सन्त के सामने हाजिर कर देता है। साधु उसके दरवाजे पर बैठकर टिक्कड़ लगाते हैं, भगवान् को मिश्री का भोग लगाते हैं। बैठे-बैठे ज्ञानचर्चा करते हैं, भजन गाते हैं। बिहारी लाल सदा साधु की सेवा में तत्पर रहता है। साधु जब सोने लगते हैं तो उससे रहा नहीं जाता। गद्‌गद भावविह्वल होकर कहता है, "बाबाजी, चलते-चलते थक गए होंगे आप। पैर इधर बढ़ाइए; आपका चरण चाँप दूँ।"

इसी तरह रात जाती है, इसी तरह दिन जाते हैं, इसी तरह बिहारी लाल का समय बीतता है। गरीबी और अभाव की जिन्दगी है। दुकान में सामान कम है, गाहक भी कम हैं। सिर्फ साधु-सन्तों की सेवा है, और चल रहा है।

उस दिन एक साधु आए बिहारी लाल के द्वार पर। उसकी सेवा देखी, तो खुश हो गए। उसकी गरीबी देखी तो खिन्न हो गए। सन्त का हृदय ठहरा मक्खन की तरह मुलायम। वह बिहारी लाल की दशा पर पसीज आया। बोले, "बच्चा, तेरी दुकान तो चलती नहीं।"

"थोड़ा-सा सामान है बाबा। कुछ-न-कुछ बिक ही जाता है। रोज दस-बीस आने की मजदूरी हो जाती है।"

बाबाजी ने सहानुभूति से भरकर कहा, "उतने से क्या होता है बच्चा! आजकल रोजाना दस-बीस की आमदनी भी कम ही है।"

बिहारी लाल बोला, "भगवान जितना देता है उतने पर ही सन्तोष कर लेता हूँ बाबा! भगवान् की कृपा पर ही निर्भर हूँ। आप सन्तों की कुछ सेवा-सत्कार कर लेता हूँ और खुश रहता हूँ।"

धन्य है भगत! तभी तो भगवान् का नाम उजागर है। यह भगवान् के भरोसे चलता है, अपनी मर्जी पर भगवान् को चलाना नहीं चाहता। गरीब है तब भी खुश है। ऐसे आदमी के पास अगर धन बरस जाए तब भी इसका मन नहीं डोलेगा, यह परोपकार में ही खर्च करेगा, साधु-सन्त की सेवा करेगा। बड़ा नेक है यह भगत। बाबा ने बिहारी लाल से कहा, ''बच्चा, मैं तुम्हें एक चीज दे रहा हूँ। तू भी क्या याद करेगा।''

बिहारी लाल ने निर्विकार भाव से कहा, ''दीजिए बाबा!''

बिहारी लाल की वाणी में कोई उत्सुकता नहीं, कोई लोभ नहीं, मानो कह रहा हो कि कुछ दीजिए तब भी ठीक, न दीजिए तब भी ठीक। यहाँ तो बिहारी लाल का चोला मगन है। सब ठीक है।

साधु ने अपनी झोली से एक पुड़िया निकाली। उसे बिहारी लाल की हथेली पर रखा। उसकी ओर भेदभरी दृष्टि से देखते हुए बोले, ''जानते हो, यह क्या है?''

बिहारी लाल नहीं जानता। उसने कहा, ''नहीं मालूम बाबा।''

''रसायन!'' साधु बाबा बोले, ''इसमें यह गुण है कि इसे लोहा में डालो तो सोना हो जाए!''

फिर भी बिहारी लाल चकित नहीं होता। उसकी आँखों में आश्चर्य की चमक नहीं, चेहरे पर प्रसन्नता की दीप्ति नहीं। वह कहता है, ''ठीक है बाबा!''

मानो वह कोई बहुत बड़ी चीज नहीं, मानो उस असाधारण वस्तु पर बिहारी लाल की कोई उत्सुकता नहीं। वह जैसा ही है, है, वैसा शान्त और मगन।

कैसा मूढ़ है—बाबा ने सोचा। बोला, ''अरे भलेमानस, यह भी तो समझ ले कि सोना कैसे बनाया जाता है। सोना बना लेगा, तो वह तुझे काम देगा। तेरी गरीबी मिट जाएगी।''

''ठीक कहते हैं बाबा!'' बिहारी लाल ने रसायन की पुड़िया को उलटते-पुलटते कहा, ''मुझे समझा दीजिए कि सोना कैसे बनेगा।''

बाबा ने सोचा कि अब रास्ते पर आया। बोले, ''एक पसेरी लोहा लाना। उसे किसी हांडी में रखकर खूब गर्म करता। उसके बाद सुहागा डाल देना। तब लोहा गल जाएगा। गले हुए लोहे में इस पुड़िया का रसायन छोड़ देना। बस, लोहा ठंडा हो जाए तब सोना निकाल लेना। याद रहेगा न?''

''हाँ बाबा, याद रहेगा; खूब याद रहेगा!''

''अच्छा बच्चे, तो मैं चला। भगवान् तेरा भला करें।''

बिहारी लाल ने प्रणाम किया। बाबा ने आशीर्वाद दिया और रमता योगी बहता पानी की तरह वहाँ से चला गया। उसके चेहरे पर प्रसन्नता की चमक थी कि उसने परोपकार किया है। एक गरीब को ऐसी चीज दी है जिसे वह सदा-सर्वदा याद रखेगा। भगवान् के यहाँ नेकी की पूछ है।

उसके बाद सात वर्ष बीत गए।

रमता योगी बहता पानी की तरह उस गाँव में आज वह फिर आया है। बाबा सोच रहा है कि वह गरीब बनिया तो अब मालामाल होगा। ऊँची हवेली होगी। बड़े ठाट होंगे। नौकर-चाकर का कोई ठिकाना नहीं। जाऊँगा तो याद करेगा कि हाँ बाबा ने कुछ दिया था।

मगर यह क्या? बाबा ने दूर से देखा तो मकान वैसा-का-वैसा ही है। वही पुरानी झोपड़ी खड़ी है। नजदीक पहुँचकर देखा, तो वही उसी तरह छोटी-सी दुकान है। बिहारी लाल को देखा तो वैसा-का-वैसा ही। वही हुलिया, वही सीधा-सादा, भोला-भाला चेहरा। उसी तरह की हँसी। वही मकान है, वही दुकान है, वही बिहारी लाल है। कहीं कोई परिवर्तन नहीं। वही गरीबी, उसी तरह फटेहाली, वैसा ही अलमस्त बिहारी लाल।

बाबा को देखकर बिहारी लाल उनके चरणों पर गिरा, ठहरने का सारा इन्तजाम कर दिया। चावल-दाल, सब्जी-लकड़ी लेता आया। ठाकुरजी को भोग लगाने के लिए मिश्री भी दे दी।

मगर मैंने इसे रसायन की पुड़िया दी थी। इसने उसका क्या किया? बाबा ने पूछा, "मुझे पहचानते हो बिहारी लाल?"

बिहारी लाल ने ध्यान से उनकी ओर देखा, फिर सिर हिलाता हुआ बोला, "नहीं पहचान पाया बाबा।"

तेरा भला हो! मैंने इसे दुर्लभ रसायन की पुड़िया और यह भलामानस मुझे पहचानता भी नहीं। अजब जमाना है। इसी को कहते हैं कलिकाल! बाबाजी बोले, "सात साल पहले मैं एक बार तेरे यहाँ आया था।"

बिहारी लाल ने इनकार नहीं किया। कहा, "आये होंगे बाबा! मुझे याद नहीं। साधु-सन्तों की मुझ पर बड़ी कृपा रहती है। बराबर कोई-न-कोई साधु आते ही रहते हैं।"

इसने मुझे बराबर आने-जानेवाले साधुओं में समझ रखा है! बोले, "जाते समय मैंने तुझे एक चीज दी थी। याद आया?"

बिहारी लाल की स्मृति भी अजब है। अभी तक याद नहीं आया। सिर खुजलाता हुआ बोला, "मुझे तो याद नहीं। आपने क्या चीज दी थी?"

बाबा ने गर्व से कहा, "मैंने तुझे रसायन की पुड़िया दी थी!"

"रसायन?"

"सोना बनाने के लिए।"

अब बिहारी लाल को सब याद आ गया। प्रसन्न होकर बोला, "हाँ बाबा, आपने वह चीज मुझे दी थी। उसे तो मैंने हिफाजत से रख दिया है।"

बिहारी लाल दौड़ गया। छप्पर में खोंसी हुई पुड़िया को निकाल लाया। बड़े गौरव से बाबा को दिखलाया। बोला, "आपने यही पुड़िया दी थी। अब सब याद आ गया।"

वज्र मूर्ख है बिहारी लाल। अभी तक यह इसे यों ही रखे हुए है। सोना तो बनाया ही नहीं। कुपित होकर बोले, "तुमने इससे सोना नहीं बनाया?"

सीधे-सादे बिहारी लाल ने कहा, "अब कौन इतना झंझट करे?"

"झंझट?"

बिहारी लाल ने कहा, "महात्मन् यह झंझट ही तो है। एक पसेरी लोहे का जोगाड़ करो, फिर उसे सुहागा देकर गलाओ; उसके बाद पुड़िया से रसायन डालो। बड़ा झंझट है बाबा। सोना बनाने के लिए इतनी परेशानी कौन मोल ले?"

बाबा झल्ला उठे। इतना करने को भी यह परेशानी बतलाता है। बोले, "अरे भोले आदमी, क्या सोना बनाने का इससे भी सरल उपाय है?"

"हाँ बाबा!" बिहारी लाल ने कहा, "सोना बड़े सहज में बन जाता है।"

और उसने अपने बटखरे से पसेरी उठाई और उसे पटक दिया। बोला, "सोना हो जा।"

वह पसेरी सोने की हो गई।

उसने सेर उठाया और पटक दिया। बोला, "सोना हो जा।"

और सेर भी सोने का हो गया।

बाबाजी फक्क।

बिहारी लाल ने बाबा की ओर देखा। बोला, "मगर यह सोना मेरे किस काम का? इसके लिए मैंने परिश्रम नहीं किया, अपना पसीना नहीं बहाया। यह मुफ्त का सोना मेरी कमाई का नहीं। इसे मैं ग्रहण नहीं कर सकता। यह सोना हमारे लिए निषिद्ध है। मुझे तो उतना ही लेना है जितना भगवान् मुझे देता है।"

बाबाजी को काटो तो खून नहीं। आँखें खुली हुई हैं और वे ठगे-से बिहारी लाल की ओर देख रहे हैं, देख रहे हैं। बड़ी देर के बाद उनकी चेतना लौटी तो बोले, "भाई बिहारी लाल, तनिक अपना चरण मेरी ओर बढ़ा दे, तो मैं उसे छूकर कृतार्थ हो जाऊँ।"

एक लाख संत्तानबे हजार आठ सौ अट्ठासी

[समय व्यतीत होता जा रहा है और यह कहानी अभी तक चल रही है। मगर इस कहानी के शीर्षक को लेकर भ्रम हो जाता है, क्योंकि शीर्षक के साथ कहानी की संगति नहीं बैठती। अतएव, लगता है कि इस कहानी के शीर्षक के सम्बन्ध में एक टिप्पणी की आवश्यकता है। सन् 1942-43 का समय था, जब बंगाल में अकाल से और मिथिला में मलेरिया और भुखमरी से लोग मरते जा रहे थे। बंगाल में मरनेवालों की कहानियाँ उजागर हो रही थीं, लेकिन बिहार की बातों पर ब्रिटिश सरकार के आतंक से एक पर्दा-सा पड़ा हुआ था। उस समय केवल एक 'इंडियन नेशन' था जो मिथिला के बारे में तब तक लिखता रहा जबतक कि उसके प्रधान सम्पादक को अपनी नौकरी से हाथ नहीं धोना पड़ा। उस समय बिहार सरकार के सलाहकार थे श्री वाई.एस. गौडबोले। उन्होंने एक प्रश्न के उत्तर में बतलाया था कि मलेरिया आदि से मिथिला में मरनेवालों की संख्या है ''एक लाख संत्तानवें हजार आठ सौ अट्ठासी।'' उसी वक्तव्य को देखकर यह कहानी लिखी गई थी। यह एक ही परिवार की कहानी नहीं बल्कि यह एक लाख संत्तानवें हजार आठ सौ अट्ठासी व्यक्तियों की अकाल मृत्यु की करुण कहानी है। इसी कारण इस कहानी का शीर्षक ऐसा है। पहले यह कहानी गौडबोले साहब के वक्तव्य के साथ ही छपती थी। कालान्तर में उद्धृत करनेवालों ने वक्तव्य को छोड़ दिया। उसके बाद यह कहानी छात्रों को पढ़ाई जाने लगी। तब से हमेशा यह सवाल पैदा होता रहा कि इस कहानी का शीर्षक ऐसा क्यों है?]

यह मिथिला है। देखिए, गाँव के किनारे से कोसी नदी बहती जाती है। सामने वह बूढ़ा पीपल है। पीपल के नीचे कभी का तालाब है। वहाँ पक्का घाट है। पुराने जमाने के किसी जमींदार ने इस घाट को बनवाया था। अब के जमींदार तो मुकदमा लड़ते हैं, मैनेजर और रंडी रखते हैं, शराब पीते हैं, और बंगला बनवाते हैं। घाट-बाट बनवाने के फेर में नहीं पड़ते। सो घाट की ईंटें दरक गई हैं, पलस्तर छूट गया है, टूटी सीढ़ियों में काई जमी रहती है। यह घाट हमारे काम का नहीं। वहाँ तो बस स्त्रियाँ नहाती हैं। हम बाल-गोपाल घाट की बगल से नदी में उतरते हैं। वहीं गाय और भैंसों को धोते हैं, छपाछप खूब स्नान करते हैं और सर्र-सर्र पानी में तैरते हैं।

उस पीपल पर, कहते हैं, भूत है। भूत भी ऐसा कि ब्रह्मपिशाच। गाँववाले कहते हैं कि रात को वह घाट पर बैठा रहता है। अगर कोई उधर जा निकला तो उसे मार डालता है। हमलोग रात में कभी उधर गए ही नहीं। जाने की कभी जरूरत ही नहीं पड़ी। पता नहीं ब्रह्मपिशाच की बात कहाँ तक सच है।

बस्ती हमारी बड़ी है। यहाँ ताड़ के पेड़ हैं। पासी अपने पैर में फंदा लगाकर उसके ऊपर तक चला जाता है और लवनी में भरकर ताड़ियाँ उतार लाता है। खजूर के पेड़ हैं और रसीले आम के भी पेड़ हैं। हमारे यहाँ के आम को आपलोग दरभंगिया आम कहते हैं। आम समूची मिथिला में होता है; लेकिन आपलोग हमारे आम और महाराजाधिराज को सिर्फ दरभंगा का ही बतलाते हैं। दरभंगा तो सिर्फ एक शहर है! वहाँ कचहरी है, महाराजाधिराज का किला है। उस शहर में डिप्टी और वकील लोग रहते हैं और मुकदमा हुआ करता है। हमारे गाँव से बहुत-से लोग सत्तू-पोटली बाँधकर बगल में कागजों का बस्ता लेकर मुकदमा लड़ने के लिए दरभंगा में जाया करते हैं। दरभंगा यहाँ से दूर है। हमारे यहाँ जिस तरह सूरज का उजाला होता है, वहाँ रात में उसी तरह बिजली जगमग करती है। वहाँ आग और पानी में चलनेवाली रेलगाड़ी भी है, मोटरों को लोग एक दुर्गन्धित तेल से चलाते हैं; लेकिन उन बातों की विशेष जानकारी मैं आपको नहीं दे सकूँगा, क्योंकि एक तो मैं लड़का हूँ, दूसरे मैं कभी दरभंगा गया ही नहीं।

मैं आपको अपनी बस्ती की भी पूरी जानकारी नहीं दे सकता। यह बहुत बड़ी बस्ती है और मेरा ख्याल है कि यहाँ सात कोड़ी से भी अधिक घर होंगे। इसी गाँव में भूखन साहु रहते हैं। उनके यहाँ की औरतें रंगीन साड़ी पहनती हैं, आँखों में सुरमा माँजती हैं और सोने-चाँदी के आभूषण पहनकर झमाझम चलती हैं। उन्हीं की लड़की की शादी में हमने पहले-पहल हाथी देखा था। गाँव में सूदन झा, लखन झा, बिरजू झा आदि बड़े-बड़े पंडित हैं। ये लोग छानकर पानी पीते हैं और रोज रोहू मछली छोड़कर दूसरी मछली बिल्कुल नहीं खाते। टेमन साब, टेसा साब, सकूर मियाँ आदि यहाँ बड़े-बड़े महाजन हैं। उनके यहाँ आदमी को पाँच कोड़ी तक आदि यहाँ बड़े-बड़े महाजन हैं। उनके यहाँ आदमी को पाँच कोड़ी तक कर्ज मिल सकता है। मास्टर इसी गाँव के रहनेवाले हैं जिनकी विद्या का तो कहना ही क्या। वे अँगरेजी भी जानते हैं और किताबों को शुरू से आखिर तक पढ़ जाते हैं। सुचित झा इसी गाँव के नेता हैं जो कहते थे कि हमको स्वराज्य लेना ही होगा। वे बड़े अच्छे आदमी थे और बहुत-सी बातें बतलाया करते थे। हर हफ्ता उनके पास एक अखबार आता था। उसमें वनस्पति घी और स्वराज्य की अच्छाई के बारे में बहुत-सी बातें लिखी रहती थीं। प्रति सप्ताह उसमें दाद की दवा और डोंगरे के बालामृत का वृत्तांत छपता था। काका सुचित झा उसे आदि से अन्त तक पढ़ते थे और पूछने पर कुछ हमलोगों को भी बतला देते थे। उन्हीं दिनों की बात है कि सुचित झा इस गाँव में एक बहुत बड़े

नेता को बुला लाये थे। आनेवाले उस नेता की मूँछें घुटी हुई थीं, भारी-भरकम शरीर था। वे चश्मा लगाकर गेंदा फूल की माला पहने हुए थे। उस दिन आम की बगिया में दरी बिछाई गई थी और बड़ा समारोह हुआ। हम सभी लड़के इस घटना से बहुत प्रसन्न थे और ऊँची आवाज में 'जय-जय' चिल्लाते थे। उस नेता ने बहुत बड़ा भाषण दिया। वह युद्ध का विरोध करते और हर एक आदमी को चर्खा चलाने का उपदेश देते थे। मगर काका सुचित झा को छोड़ गाँव में दूसरा कोई चर्खा चलानेवाला नजर नहीं आया। लोग कहते थे इसमें मजदूरी कम है। अगर दूसरा कोई काम करता है, तो दो पैसा ज्यादा मिल जाता है। यह सब बहुत दिनों की बात है। अब तो हमारे नेता सुचित झा भी जेल में बन्द हैं। पुत्र-शोक में घुल-घुलकर उनकी माँ ने दम तोड़ दिया। मरने के बाद घर में कफन के लिए कौड़ी भी नहीं थी। केले के पत्ते से ढाँपकर उनकी लाश उठाई गई। सुचित काका की स्त्री आजकल पिसाई करती है और पैबन्द लगी साड़ी पहनती है। उसने बताशा बेचने का भी काम किया था; लेकिन चीनी के अभाव में वह काम बन्द कर देना पड़ा। पिसाई के अलावा वह गुड़िया बनाती है और गाँव की लड़कियों के हाथ धेले-पैसे में बेचा करती है। सब जानते हैं कि सुनैना काकी बड़ी मुसीबत में हैं; लेकिन कोई उसकी मदद नहीं करता। टेमन साब और टेसा साब के पास बहुत पैसे हैं; लेकिन वे उसे कर्ज भी नहीं देते। अगर सुचित काका किसी भाँति स्वराज्य ले-लें तो उससे इन्हीं अमीरों का ज्यादा लाभ होगा। मगर ये लोग हैं, जो सुनैना काकी की कोई मदद नहीं करते। हमलोग तो छोटे-छोटे लोग हैं। हमलोग क्या कर सकते हैं। हमारी सुनैना काकी बिचारी एक शाम खाती है, दूसरे शाम उपवास रह जाती है। पूछते हैं, तो कहती है कि बेटा रात के समय मुझे भूख नहीं लगती। क्या जाने उसे भूख नहीं लगती। मुझे तो रात को भी ऐसी भूख लगती है कि क्या पाएँ और खा जाएँ।

उसी सुनैना काकी की बगल में मेरा घर है। जाति के हमलोग सुनार हैं। बाबूजी का गहना गढ़ने में नाम है। कंगन, बिछिया, हँसुली, हार आदि वे बड़ा बढ़िया बनाते हैं। मगर गाँव में गहना गढ़वाने का शोक नहीं है, तो क्या किया जाए? थोड़ी-बहुत खेती है, उसी से गुजारा है। गाय का दूध है, भैंस की छाँछ है, गुड़ की मिठाई है। गाँव में हमलोग खाते-पीते अच्छे हैं। छम्मी मेरी छोटी बहन है। कभी-कभी वह जिद मचा देती है कि हम घी की मिठाई खाएँगे; लेकिन मेरा तो दावा है कि घी की मिठाई दरभंगा छोड़कर और कहीं बन नहीं सकती। छम्मी छोटी है। उसे अक्ल कहाँ?

सुचित काका का जेल में जाना था कि गाँव में काया-पलट हो गई। हम हैरान थे कि क्या हो गया। गुड़ की भेली जो हमलोग पैसे में दो लेते थे, वह अब तीन पैसे में सिर्फ एक मिलने लगी। भूखन साहु के अपनी दुकान बन्द कर ली। अब न वे हल्दी देते थे, न धनिया ही बेचते थे, सीधे कह देते थे कि है ही नहीं; लेकिन मैं

जानता हूँ कि सारी चीजें उनके यहाँ थीं। खुद मेरे बाबूजी उनके यहाँ जाते थे और चिरौरी करके किरासन तेल ले आते थे। कहते थे कि बारह आने बोतल लगता है। लगता होगा। अम्मा के लिए एक ही साड़ी बारह रुपयों में आई थी। इसके लिए बाबूजी को सवा मन चावल बिक्री करना पड़ा था। फिर हमारे लिए धोती चाहिए। छम्मी मचलती थी कि वह तो लाल साड़ी लेगी। एक लालटेन खरीदने की भी सख्त जरूरत थी। इसके लिए हमारे तमाम गेहूँ बिक गए। चावल का एक दाना भी नहीं रहा, पुआल के बिना गाय भूखी रहने लगी। सिर्फ कपड़ा-लत्ता और लालटेन खरीदने के पीछे ही हमलोगों की लेई-पूँजी साफ हो गई। पिताजी उदास रहने लगे कि अब क्या होगा?

पिताजी चिन्ता से दुबले होने लगे, कि एक दिन दोपहर के समय वे बुरी तरह काँपने और हाँफने लगे। उन्हें बड़े जोर का बुखार आया था कि रात-भर वे मुँह फाड़ कर पड़े रहे। बार-बार पानी माँगते थे और अर्र-बर्र बोलते थे। सबका मिजाज बदहवास हो गया। रात-भर बाबूजी बुखार में पड़े रहे, अर्र-बर्र बोलते रहे। जब चुप रहते थे, उस समय मुँह फाड़े रहते थे। रात-भर के बाद दूसरे दिन जैसे ही सूरज निकला कि बाबूजी के शरीर से पसीना छूटने लगा। सारा शरीर पसीने से सराबोर हो गया। बुखार छूट गया, सिर्फ कमजोरी बाकी बची।

सबका ख्याल था कि अब बुखार से पिंड छूटा; लेकिन दूसरे दिन फिर शाम को बाबूजी के साथ वही तमाशा हुआ, उसी तरह शरीर दलदलाने लगा। बुरी तरह काँपने लगे, रजाई दी गई, कम्बल दिया गया। मेरा, छम्मी का, अम्मा का, सबका ओढ़ना-बिछौना उनके शरीर पर लाद दिया गया; लेकिन कँप-कँपी ऐसी थी, जो नहीं छूटती थी। उसके बाद भयानक बुखार आया और पिताजी ने आँख बन्द करके अपना मुँह फाड़ दिया। हमने तो समझा कि बाबूजी मर ही गए। सुचित काका की अम्मा मरी थी, तो इसी भाँति आँखें बन्द थीं और मुँह खुला था। इस बात में मुझे बहुत ही डर मालूम हुआ। अम्मा से अपना सन्देह प्रकट किया तो वह मुझ पर चाँटा मार बैठीं। रोता-सिसकता मैं सो गया। फिर सबेरे उठकर देखता हूँ कि बाबूजी के पसीना छूट रहा है और बुखार उतर रहा है।

अम्मा के गहने बिक गए, बर्तन बन्धक रख दिए गए। कुछ दिन के बाद एक दाढ़ीवाला आदमी आया और हमारी तमाम गायों को खूँटे से खोल ले गया। हम रोने लगे, ढेला लेकर मारने के लिए दौड़े। पिताजी ने डाँट दिया, बोले, "हमारी गायें इन्होंने खरीद ली हैं।"

मैंने रोते हुए कहा, "यह तो कसाई है। हमारी गायों को काट देगा।"

तब बाबूजी ने मुझे जोर से डाँटा कि मैं सहम उठा। शायद यह सच्ची बात कहना मुझसे कसूर हो गया था। यह मेरा कैसा अपराध था! अपनी सूनी गोशाला के कोने में बैठकर मैं सुबक-सुबक कर रोने लगा।

माँ खाना खिलाने को आई तो मैंने साफ जवाब दे दिया, "जब तक मेरी गायें नहीं आवेंगी, तबतक मैं नहीं खाऊँगा।"

मगर मेरी टेक निभी नहीं।

बाबूजी का वही हाल था। रोज बुखार आता और सबेरे छूट जाता। दुबले-पतले कंकाल-सरीखे दिखाई देते थे। सारा शरीर काला पड़ गया था। आँखें भयावनी हो गई थीं।

बाबूजी की बीमारी में एक दूसरी नई बात सुनने में आई। उन्हें एक दवा मिलती नहीं थी। उस दवा का नाम है कुनैन। पता नहीं यह कैसी अचम्भे वाली दवा है। बाबूजी ने तमाम सुराग लगाया, हर जगह छान मारा; लेकिन उन्हें वह दवा मिली ही नहीं। पहले मैंने सुना था कि लोगों को साँप की मणि नहीं मिलती। दूसरे मैंने सुना था कि सोने के पहाड़ को खोदकर भी नहीं पा सकता। तीसरे मैंने यही देखा कि हजार कोशिश के बाद भी कुनैन नाम की चीज नहीं मिल सकती।

मगर थोड़ा-सा खटका बना ही रहा। एक दिन मैंने सुनैना काकी से कहा, "ऐसा तो हो ही नहीं सकता कि कुनैन कहीं नहीं होगा। दुनिया में कहीं-न-कहीं बहुत-सा कुनैन जरूर होगा।"

सुनैना चाची ने धीरे से हँस दिया।

मैंने कहा, "दरभंगा में जो बड़ा-सा सरकारी अस्पताल है, जहाँ से लोग पढ़-पढ़ कर डॉक्टर बनते हैं, क्या वहाँ भी कुनैन नहीं होगा?" मैंने कहा, "हमारे महाराजाधिराज के यहाँ तो जरूर होगा। अगर उनके यहाँ नहीं हो, तो जो उनके राजराजेश्वर हैं, उनके यहाँ तो जरूर होना चाहिए। चाची, वे लोग कुनैन क्यों नहीं बाँटते?"

चाची बोली, "लड़ाई है बेटा, उसी कारण कुनैन नहीं मिलता।"

बात मेरी समझ में नहीं आई। मैंने कहा, "जब लड़ाई ही करनी थी तो थोड़ा कुनैन अपने पास जरूर रख लेना चाहिए था। ऐसी लड़ाई किस काम की कि पास में मारने की सब चीजें हैं और जिलाने की कोई चीज नहीं! अगर इस गाँव में हर किसी को बुखार हो जाए, तो सरकार का ही तो नुकसान होगा। हमलोग भी सरकार के ही आदमी हैं न चाची? पिछले महीने में रामरतन फौज में भर्ती होकर चला गया। हम भी बड़े होंगे तो हम भी भर्ती होंगे। मगर हमें बुखार लग जाए तब तो हमसे भला क्या लड़ाई होगी।"

चाची ने कहा, "जो सबसे बली है; वही सरकार है। सरकार जिसको जो चाहे, सो कर सकती है। अगर सरकार कुनैन नहीं रखती तो तुम उसके लिए कुछ भी नहीं कह सकते।"

मैंने कहा, "क्यों नहीं कहूँगा; बेशक कहूँगा।"

चाची ने झुँझलाकर कहा, "तो तुम्हें भी जेल चला जाना पड़ेगा—समझ लो!"

मेरा दिल दहल गया। जेल सुनते हैं कि वहाँ से आदमी निकल ही नहीं सकता। सुनते हैं कि एक जिला है भागलपुर; सो वहाँ की जेल में सरकार ने गोली चला दी। भगवान् जाने, जेल में हमारे सुचित काका कैसे होंगे। जेल का नाम सुनते ही मेरा मुँह सूख गया।

फिर भी विश्वास नहीं होता था। बोला, ''सिर्फ जरा-सी बात कहने के लिए सरकार जेल नहीं देगी।''

चाची ने कहा, ''तुम्हारे काका ने क्या किया था? उन्होंने सिर्फ गांधीजी की जय कही और उन्हें जेल में डाल दिया गया। बोलो, इसके सिवा उन्होंने और क्या किया था?''

बात सही थी। मेरा कलेजा धड़कने लगा। कहीं सरकार को मेरी बात मालूम नहीं हो जाए।

चाची ने समझाया, ''बेटा, ऐसी बात नहीं कहते!''

''ठीक है, मुझे समझाना चाहिए था। अब कभी नहीं कहूँगा।''

गाँव में केवल हमारे बाबूजी ही बीमार नहीं थे। रामधन का भी यही हाल था। शिवटहल महीनों से इसी बीमारी को भुगत रहा था। जानकी तो इसी बीमारी में मर गया।

और दिन आ रहे थे और दिन जा रहे थे।

घर की हालत क्या बतलावें। बाबूजी ने अनाज इसी भरोसे बेच दिया था कि सस्ती होगी तो खरीद लेंगे, मगर सस्ती कहाँ तक होगी कि रुपए में सवा सेर का चावल बिकने लगा। अगहन का महीना आया; लेकिन मेरे घर में धान बिलकुल ही नहीं आया। पूछने पर अम्मा ने बतलाया अबकी धान भूखन साहु ले जाएँगे।

''क्यों?'' मैंने पूछा।

''क्योंकि तुम्हारे बाबूजी ने दवा कराने के लिए उनसे रुपए लिये हैं,'' अम्मा बोली।

मैंने क्रोध से कहा, ''वे अपने रुपए लेंगे कि हमारा धान भी ले लेंगे।''

अम्मा बोली, ''वे अपना रुपया भी लेंगे और हमारा धान भी लेंगे। खेत उनके हाथ में जरपेशगी दी गई है।''

''तब हम खायेंगे क्या?''

अम्मा रोने लगी, ''बेटा, तुम्हारे बाबूजी अच्छे हो जाएँगे तो फिर सब हो जाएगा। अभी दुख के दिन हैं। सब्र करो।''

शाम को मैं सुनैना काकी के पास गया। उनसे पूछने लगा, ''चाची, सब्र करने का क्या फल होता है?''

चाची बोली, ''बेटा, सब्र का फल बहुत मीठा होता है।''

तब मैंने ख्याल किया कि मुझे सब्र ही करना चाहिए। अपने लिए नहीं तो बाबूजी के लिए तो मुझे जरूर सब्र करना चाहिए।

इधर घर में मुझे छूछा भात मिलने लगा। दूसरे शाम वह भी नदारद हो गया। मैं अम्मा की गोद में दुबककर सो जाता था। मुझे मालूम था कि सब्र का फल मीठा होता है। मेरी छोटी बहन छम्मी नासमझ थी। वही भूख-भूख रटती थी। आप परेशान होती थी और अम्मा को भी परेशान कर देती थी। छम्मी नहीं जानती कि सब्र करने का फल क्या मिलता है।

खाने के लिए छूछा भात हो गया। माड़ में थोड़ी-सी हल्दी मिला देने से वह दाल का मजा देती थी। तरकारी के नाम पर जरा-सी चटनी हो जाए तो वही बहुत है।

ऐसे इस तरह के दिन भी आने लगे और जाने लगे।

कि, लो, अब अम्मा का भी वही हाल हो गया। सबेरे के पहर उनके शरीर में कँपकँपी होने लगती। दिन भर बुखार में पड़ी रहती।

दिन में बाबूजी रसोई बनाते थे और रात को अम्मा बाबूजी के पैर दबाती थी।

सिर्फ कुनैन के बिना? सुनते हैं कुनैन जापानियों के हाथ में है। मैं पूछता हूँ सिर्फ कुनैन के लिए ही जापानियों को नेस्तनाबूद क्यों नहीं किया जाता। सबसे पहले कुनैन मिलना चाहिए। पहले कुनैन की लड़ाई हो। फिर बाकी लड़ाई पीछे होती रहेगी। रात के समय मैं सोचा करता था, मैं जापानियों से जूझने जा रहा हूँ। मेरे पीछे बहुत बड़ी सेना है। तमाम जापानी मारे जाते हैं। अब पृथ्वी पर एक भी जापानी नहीं, अब कुनैन निर्बन्ध है। मैं पुकारता—आओ, कुनैन ले जाओ! सभी दौड़ते हैं कितने लोग हैं, क्या मैं इन्हें कभी गिन भी सकता हूँ... ? अम्मा मेरी बलैया लेती हैं, पिताजी मुझे आशीर्वाद देते हैं। मगर भूखन साहु को मैं कभी कुनैन नहीं दे सकता। वह हमारा सारा धान उठाकर ले गया।

गर्मी के दिन किसी-किसी भाँति बीत गए। अब बरसात आई है। झमाझम मूसलाधार वृष्टि हो रही है। रात का समय। बाबूजी बुखार में पड़े हैं, अम्मा की तबीयत भी अच्छी नहीं है। तमाम घर में अँधेरा छाया हुआ है। अब तो न किरासन का तेल है और न उसे खरीदने के लिए पैसे हैं।

आजकल तो मैं ही घर में कमानेवाला हूँ। दिन के समय लड़कों के साथ कोसी में मछलियाँ मारता हूँ। शाम होते ही किसी की फुलबारी में घुसकर कुछ फल और सब्जी का जुगाड़ करता हूँ। इसी से घर चलता है। उस दिन भूलन साहु के यहाँ एक बैलगाड़ी खड़ी थी। उसमें चावल के बोरे लदे थे। अपने साथियों के साथ मिलकर हमलोगों ने एक पूरा बोरा ही उड़ा लिया। गाड़ीवानों को खबर भी नहीं हुई। इसमें मुझे तेरह सेर चावल का लाभ हुआ था। छम्मी भी समझदार हो गई है। उसने भी अब सब्र करना सीख लिया है। अब वह लाल साड़ी पहनने के लिए

जिद नहीं मचाती। फटा-पुराना चिथड़ा लपेट कर इधर-उधर जलावन के लिए सूखी लकड़ियाँ खोजती है। माँ को दिन भर बुखार लगता है, बाबूजी उठने-बैठने से लाचार हो गए हैं। छम्मी खुद बनाती है। उसे बनाना भी नहीं आता। सब्जी में वह नमक भी नहीं डालती। पूछता हूँ तो कह देती है कि घर में है ही नहीं तो मैं क्या करूँ। अब उस नासमझ को कौन समझावे। भूखन साहु के यहाँ बोरा का बोरा नमक पड़ा रहता है। जरा नजर इधर-उधर हुई कि एक मुट्ठी गायब कर दिया। कौन देखता है। इतने ही से काम चल जाता। बिना नमक के भोजन बेस्वाद मालूम होता है।

रात का समय है। घर में अँधेरा छाया हुआ है। बाबूजी बुखार में बेहोश हैं, छम्मी सो रही है। अम्मा और मैं जग रहा हूँ। आज मेरी तबीयत सुस्त है। आज मुझे जमींदार के भंडारियों ने मारा है। हमलोग रहर और सरसों चुरा रहे थे कि साला बिसेसरा किधर से आ गया। और लड़के तो फुर्र हो गए, केवल मैं ही पकड़ लिया गया। इसके बाद उसने छड़ी से, घूँसे से, थप्पड़ से मेरी खूब मरम्मत की। तीन बार थूककर चटवाया तब जान छोड़ी। उस समय तो उसने जान छोड़ दी, लेकिन अभी मालूम होता है जैसे जान जरूर चली जाएगी। सारा शरीर घाव की तरह दर्द कर रहा है। डर से कराहता भी नहीं हूँ कि अम्मा सुनेगी तो पूछेगी। अम्मा से कहने की यह बात नहीं है, कहा भी नहीं। अगर बाबूजी से कह दूँ, तो बिसेसर के छक्के छुड़ा दें। अब वे अच्छे हो जाएँ। बीमारी की हालत में यह बात सुनेंगे तो रोने लगेंगे।

तमाम सन्नाटा है। मालूम होता है जैसे सारा गाँव मर गया। बरसात का पानी बरस रहा है। बस झमाझम उसी की आवाज है। इसी समय एक भयानक आवाज सुनता हूँ, "छम्मी की अम्मा!"

अम्मा चिहुँक उठती हैं, मैं डर जाता हूँ। मालूम होता है जैसे कोई औरत चिल्ला रही है और कय कर रही है। मैंने धीरे से कहा, "चुड़ैल!"

अम्मा ने मुझे अपनी छाती से चिपका लिया।

"छम्मी की अम्मा!"— फिर आवाज सुनाई पड़ी। मालूम हुआ जैसे सुनैना काकी की आवाज है।

माँ उठकर बाहर गई। थोड़ी देर के बाद वापस आकर बोली, "उन्हें हैजा हो गया है! कय और दस्त हो रहे हैं। तू चुप सो जा, मैं उनकी सेवा को जा रही हूँ।"

सबेरे तक सुनैना की मृत्यु हो गई थी और मेरी अम्मा को कय होने लगे थे। अनजान में ही दस्त निकल जाता था। जब मैंने उन्हें देखा तब उनकी पिंडलियाँ ऐंठ रही थीं, बार-बार तेज हिचकी आती थी। शरीर काँप उठता था। मुझे देखकर उनकी आँखों से आँसू बहने लगे।

मैंने समझाया, "ठहरो अम्मा, घबराओ नहीं, मैं लोगों को बुलाये लाता हूँ।"

और मैं दौड़ा हुआ बाहर निकला।

जगेसर के यहाँ गया। उसने बतलाया मुझे खेत में जाना है। सीताराम के तीन बच्चे इसी बीमारी में पड़े थे। रामधन की माँ ने इसी बीमारी से दम तोड़ दिया था। मालूम हुआ कि तमाम गाँव में हैजा फैल गया है। घर-घर में लोग बीमार हैं और मर रहे हैं। सामने सारा गाँव था, लेकिन हमारे लिए कहीं कोई नहीं था। सबको अपनी-अपनी पड़ी थी। कोई भी आने को तैयार नहीं हुआ।

आखिर मेरा मित्र रामनाथ काम में आया। वह मुझसे उम्र में बड़ा है। सात महीना दरभंगा में रह आया है। वह बहुत-सी बातें जानता है और बड़ा हिम्मतवाला आदमी है। उसने दो-चार दोस्तों को और जमा किया। सबके साथ जिस समय हम घर पहुँचे उस समय देखा कि माँ की दोनों आँखें खुली हैं, एक टक। सारा शरीर ऐंठ गया है। बदबू के मारे नाक नहीं दी जाती। वे बरामदे में पड़ी हुई थीं और उनके सारे शरीर पर मक्खियाँ भिनभिना रही थीं।

रामनाथ ने कहा, ''यह तो मर गई!''

मैं चौंक उठा।

छम्मी बोली, ''अभी थोड़ी देर पहले तो पानी माँगती थीं।''

''नहीं, मरी नहीं है। सुनैना काकी भी तो इसी तरह पड़ी हुई है।''

रामनाथ ने कहा, ''अरे नहीं पगली, यह मर गई। अब इन्हें ले चलना होगा।''

रामनाथ ने एक चारपाई पर सुनैना काकी और अम्मा को सुला दिया। हम चारों-पाँचों उन्हें ले चले। बाबूजी में तो इतनी शक्ति भी नहीं थी कि वे बिस्तर से उठ सकते। राह में रामनाथ बहुत ही आश्चर्यजनक बात कर रहा था, ''मरने पर आदमी की लाश भारी हो जाती है, जब तक आदमी जिन्दा रहता है तब तक हलका रहता है।''

इसी तरह की बातें करते हुए हम श्मशान पहुँचे। रामनाथ के साथ रहकर हमलोग निश्चिन्त थे। वह हमलोगों का अगुआ था।

श्मशान में पहुँच कर हमलोगों ने देखा, कुछ चिताएँ जली हुई हैं, कुछ बुझी हुई हैं, वहाँ हमने टेसा साब को देखा। उनकी लड़की मर गई थी। सूदन झा, लखन झा, बिरजू झा आदि सभी बड़े-बड़े पंडित उनके साथ मसान में आए थे। दो-तीन और लाशें थीं। ऊपर चील मँडरा रहे थे। तमाम किरायँध गन्ध फैली हुई थी। हमलोग बैठ गए और विचार करने लगे कि अब क्या हो। इसी समय हमने रघु चमार को देखा। वह खुद ही हमलोगों के पास आया और कहने लगा, ''महामारी के दिनों में लाश नदी में बहा दी जाती है। ऐसे समय लकड़ी कहाँ-कहाँ खोजते फिरेंगे। अपनी औरत को मैं खुद लेता आया था और बहाकर वापस जा रहा हूँ। तुमलोग भी यही करो।''

यह सीख देने के बाद वह ठहरा नहीं। अपने घर की ओर वापस चला गया। उसे अपनी मौसी और बच्चों की खबर लेनी थी। रामनाथ ने मुझसे कहा, ''तुम भी ऐसा ही करो।''

सबको यही राय जँच गई।

पहले सुनैना काकी की लाश बहाई गई। मैंने उनकी डूबती हुई लाश को देखकर कहा, ''जाओ काकी, दुनिया में तुमने कष्ट किया है, लेकिन भगवान् के दरबार में तुम्हें सुख मिलेगा।''

माँ की लाश डुबाते समय तो मेरी आँखों में आँसू बहने लगे। बहुत ही ढाढ़स के साथ मैंने माँ को आश्वासन दिया, ''तुम सुख से जाओ, मेरी कोई चिन्ता नहीं करना। अब से बाबूजी की देख-रेख मैं ही करूँगा। छम्मी को सुख से रखूँगा। वह बड़ी होगी, तो उसकी शादी कर दूँगा। तुम हमलोगों की जरा भी चिन्ता नहीं करना।

और उसके बाद मैं बिलख-बिलख कर बहुत ही रोने लगा।

घर लौटने में मुझसे देर हो गई थी। राह में मेरे मित्र रामनाथ के साथ अलग हो गए थे। अकेले घर में लौटा। मुझे देखते ही पिताजी ने चिल्लाकर कहा, ''तू कहाँ चला गया था? देखता नहीं, मुझे कय और दस्त हो रहे हैं। ला, पानी ला; थोड़ी-सी चावल की माड़ दे दो। श्रीराम वैद्य को बुला ला।

मैं व्यस्त होकर फिर रामनाथ के यहाँ दौड़ा।

रात के समय में रामनाथ और छम्मी बाबूजी की लाश लेकर श्मशान जा रहे थे। घर में मुर्दा नहीं रखना चाहिए। रामनाथ का कहना था कि इससे बीमारी और दुर्गन्ध फैलती है। बाबूजी की लाश अम्मा की भाँति भारी नहीं थी, फिर भी छम्मी कहती थी, ''बड़ा भारी है, मुझसे चला नहीं जाता।''

श्मशान में पहुँचते ही छम्मी ने कय किया और काँपने लगी। उसने बतलाया कि घर पर ही मुझे तीन-चार दस्त हो चुके थे; लेकिन मैंने डर से किसी को नहीं बतलाया।

रामनाथ ने पूछा, ''किसका डर रे, पगली?''

''मरने का!'' छम्मी ने कहा। ''काकी, बाबूजी और अम्मा को मरते देखकर मुझे बहुत डर लगता था। थोड़ा पानी दो।''

रामनाथ उसके लिए पानी लेता आया। मुझसे बोला, ''सुनता है रे, इस छम्मी को भी हैजा हो गया।''

''तब?'' मैंने पूछा।

''चलो, किसी पेड़ के नीचे बैठ जाएँ। अगर किसी तरह इसे घर में ले भी जाएँगे, तो मरने के बाद फिर लाना पड़ेगा। इससे अच्छा है कि उस बरगद के नीचे बैठ जाएँ। अभी पानी भी नहीं है। आसमान में चाँद निकल आया है। तू जाकर एक लोटा ले आ।

रामनाथ की बात ठीक थी। घर भी श्मशान से कम नहीं था। जो आराम घर में था वही आराम इस बरगद के नीचे भी दिखाई देता था। बाबूजी की लाश को रखकर छम्मी को लिए हुए बरगद के नीचे चले गए, फिर मैं लोटा खाने के लिए दौड़ गया।

लोटा लेकर जब वापस आया तो मालूम हुआ कि छम्मी के दस्त कम हो गए हैं; लेकिन प्यास बहुत है। पानी पीती है और कय कर देती है। कहती थी, शरीर में बहुत जलन है और वह बड़ी तेजी से चिल्ला उठती थी। दाँत किटकिटाती थी और हमलोग कुछ कहते थे तो सुनती ही नहीं थी।

फिर वह सुस्त हो गई। सिर्फ कराहती थी और किसी बात का कोई जवाब नहीं देती थी।

मैंने रामनाथ से पूछा, ''यह ऐसा क्यों करती है? बोलती क्यों नहीं?''

रामनाथ ने इस बात का कोई जवाब नहीं देकर कहा, ''राम-राम कहो।''

और वह उच्च स्वर में राम-राम पुकारने लगा।

मैंने घबराकर पूछा, ''रामनाथ सच बतलाओ यह क्या हुआ।''

रामनाथ ने कहा, ''यह मर रही है।''

छम्मी भी मर रही है? माँ मर गई, बाप मर गए, सुनैना चाची भी मर गईं और अब छम्मी मर रही है; अब मैं कैसे रहूँगा? मैं रोने लगा। रोते-रोते पुकारा छम्मी?

कोई उत्तर नहीं।

''छम्मी!''

फिर भी कोई उत्तर नहीं। हाय, अब किसके साथ रहूँगा? किसके लिए मछली मारने जाऊँगा और किसके लिए अमरूद चुराकर लाऊँगा? छम्मी बोलती क्यों नहीं? मैंने बिलखते हुए कहा, ''दुनिया में जिसका राज्य है वह हमारी नहीं सुनता; लेकिन स्वर्ग में तो भगवान् का राज्य है, वे सबकी सुनते हैं। उनसे तू हमारे बारे में कहना। छम्मी, तू उनसे हमारे दुःखों के बारे में जरूर कहना।''

क्या छम्मी ने भगवान् से हमारे बारे में कुछ कहा होगा? कुछ कहा होगा तो भगवान ने भी अभी तक...जाने दो, मैं अपना किस्सा खत्म करता हूँ।

अवलम्ब

उस पुराने-धुराने घर में न जाने कितने परिवारों का निवास है। उन्हीं में से एक घर में सीताराम रहता है। सारा घर बिल्कुल सड़ियल है। खासकर के सीताराम का अपना कमरा देखने लायक है! उपदंश के रोगी की तरह चारों ओर घायल दीवारें खड़ी हैं। पलस्तर लोना हो-हो कर छूट रहा है। एक लोहे की टूटी-सी पुरानी चारपाई है, जो किसी समय अच्छी रही होगी। फटे-पुराने बिस्तर हैं, मैले। सिरहाने अंग्रेजी-हिन्दी किताबों का एक बोझ पड़ा हुआ है। कुछ किताबों के पन्ने फट गए हैं और कमरे में चारों ओर बिखरे पड़े हैं। कोने में एक सुराही है, उसके समीप काँच का एक गिलास। दीवार पर कुछ अंग्रेजी अखबारों से काटकर निकाले गए चित्र टँगे हैं। उनमें देशी-विदेशी दृश्यावलियों की झाँकी हैं, सुन्दर हैं। सबसे अच्छा है उनमें महात्मा गांधी की एक तस्वीर।

यही कमरा है, जहाँ सीताराम रहा करता है। उसकी भृकुटियाँ तनी रहती हैं। हाथ में नीले-लाल रंग की पेंसिल लेकर किताबों पर सिर झुकाये वह न जाने क्या-क्या सोचता रहता है। बड़ी देर पर वह कुछ मुस्कुराता है और किताब पर कहीं लाल रंग से निशान बना देता है।

संसार में बसन्त आता है, जाड़ा आता है, भाँति-भाँति की ऋतुएँ अपनी राह चलती हैं; लेकिन उस कमरे में सदा एक ऐसी ऋतु बनी रहती है, जिसका अस्तित्व बाहर के संसार में और कहीं भी नहीं देखा जा सकता। कमरे में ऊपर छत के साथ चिपकी एक टाट की चाँदनी है। वह भी जगह-जगह पर फट गई है। चारों कोने में मकड़ों का जाला तना है, जहाँ सर्वदा मच्छरों का समूह संगीत-चर्चा में मस्त रहता है।

कमरे के बाद एक छोटा-सा बरामदा, नाम मात्र का आँगन, एक और कमरा; और कुछ नहीं। आँगन की ओर की खिड़की सदा खुली रहती है। उस खिड़की से होकर आनेवाली हवा में एक विचित्र ठंडक, एक विचित्र गन्ध मिली होती है—जैसे कुछ पत्तों के सड़ने की सी दुर्गन्ध हो। किसी नए आगन्तुक को यह गन्ध अच्छी नहीं लग सकती।

सीताराम एक कम्पनी में किरानी है। पचासों क्लर्कों के बीच वह सबसे जूनियर है। बीस रुपए का वेतन, जिससे रोटी चलती है। वह खुद हजामत बना लेता है, उसकी स्त्री खुद बर्तन माँजती है, कपड़े-लत्ते धो लेती है। तीन लड़के-बच्चे भी हैं, जो सुख की अपेक्षा अधिक झंझट हैं।

सीताराम को सुबह से लेकर दस बजे तक फुरसत रहती है। दोपहर में वह ऑफिस जाता है। उसका ऑफिस क्या है, बिल्कुल गोरखधन्धा है! वहाँ के और सभी लोग बंगाली हैं। उनके सुख-दुःख, हँसी-दिल्लगी सब कुछ अपने ही लोगों में सीमित हैं। सीताराम से न कोई प्रीति रखता है और न सरोकार। अक्सर वे लोग उसकी अनुपस्थिति में उसका मजाक उड़ाते हैं। सीताराम वहाँ सबको नापसन्द है और बेमेल बनकर रहता है। लोग उसके कामों की त्रुटियाँ निकालना ही सबसे अधिक मनोरंजन की सामग्री समझते हैं। बार-बार अपनी गलतियों के लिए उससे कैफियत तलब की जाती है। कैफियत का जवाब तो वह दे लेता है, लेकिन उसका कलेजा धक-धक करता रहता है कि कहीं किसी बहाने से उसे हटाकर उसकी जगह किसी बंगाली को न दे दी जाए।

यह बीस रुपयों की नौकरी है कि झंझट है। इस नौकरी की उलझन सुलझाये नहीं सुलझती। बोझ सँभाले नहीं सँभलता। वह सदा सब सीनियर लोगों से त्रस्त रहता है। अगर यह रोजी छिन जाए, तो वह जाएगा कहाँ? और अमंगल की छाया सदा उसके पीछे-पीछे दौड़ती रहती है।

गरीबों के दोस्त नहीं होते। दोस्ती मतलब की होती है। गरीबों से भला क्या मतलब सधे? सीताराम का कोई दोस्त नहीं; अपने भी नहीं। वह सदा का अकेला है, हमेशा अपने को अकेला ही पाता है।

और यह जो उसके सिरहाने किताबों का बहुत बड़ा बोझ पड़ा हुआ है, उसमें न कोई महाकाव्य है, न धर्म-ग्रन्थ और न कोई उपन्यास ही। ये महज कारखानों, दुकानों के सूचीपत्र हैं। न जाने कितनी कम्पनियों के कैटलॉग होंगे; ह्वाइटवे लैडला, बंगाल स्टोर, सुख संचारक कम्पनी, शृंगार महौषधालय, आयुर्वेदीय फार्मेसी, शक्ति औषधालय, थैकर स्पिंक, न्यूमैन...न जाने कितने और उसकी यह आदत भी है कि जहाँ किसी नई कम्पनी का नाम मिला कि उसने पोस्टकार्ड रवाना किया। फिर तीन-चार दिनों के अन्दर ही पोस्टमैन आकर उसके कमरे में एक बन्द सूचीपत्र फेंक जाता है।

बस, ये ही सूचीपत्र आते हैं और न किसी की चिट्ठी आती है, न पत्री। दुनिया में उसका कहीं कोई नहीं है।

स्त्री अपढ़ है। पैसों के अभाव की चर्चा वह निरन्तर मुखर होकर करती है। दिन-रात पैसों की हाय-हाय! सीताराम इस खटराग से चिढ़ जाता है।...कोई ऐसी भी चीज चाहिए जिसे पाकर वह अपनी दुःखद स्थिति को भूलकर कुछ सुख

पावे।...दुनिया में सब कुछ पैसों से मिलता है।...तो फिर यही सूचीपत्र उसके मनबहलाव के सामान हैं।

2

दुनिया में सूर्योदय हुए बहुत देर हो चुकी थी, लेकिन सीताराम के कमरे में न सम्पूर्ण अँधेरा ही था और न पूरा प्रकाश। परिवर्तन से सर्वथा मुक्त यह कमरा साँझ-बिहान सदा इसी तरह का रहा करता था। आसपास के रहनेवाले किरायेदार अपने-अपने काम के पीछे व्यस्त थे। उसके बगलवाले कमरे में आज गीत-गान का प्रबन्ध था। हारमोनियम के किसी खास स्वर के साथ तबले के मिलाने की ठिं-ठिं-धप्प की आवाज आ रही थी। गली के उस पार सामने रहनेवाला दुकानदार अपनी एक बूढ़ी ग्राहिका से पुराने पैसों का तकाजा करने के पीछे निःसंकोच होकर गालियों का प्रयोग कर रहा था। बुढ़िया गाली का जवाब गाली से तो न देती, लेकिन अपने कंठ स्वर को उसने इतनी तरक्की दे दी थी कि बरबस लोगों का ध्यान उस ओर खिंच जाता था।

घर के भीतर उसकी स्त्री बर्तन माँज रही थी और अपनी सप्त-वर्षीया पुत्री निर्मला को चूल्हे की आग को फूँकने का आदेश दे रही थी।

समीप के एक विद्यार्थी के कमरे में हो-हल्ला मचा हुआ था। लोग अश्लील दिल्लगियाँ कर रहे थे और उजड्ड की तरह हँस रहे थे।

लेकिन सीताराम का ध्यान किसी ओर भी नहीं था। वह एक पैराम्बुलेटर वाले का सूचीपत्र लेकर उसके पन्ने उलट रहा था। बाज वक्त वह घंटों पन्ना नहीं उलटता। पेंसिल को ललाट से सटा कर बहुत कुछ सोचता और तब धीरे से किसी पर एक लाल निशान बना देता। उस समय उसकी आँखें चमकती रहतीं, मुखमंडल दमकता रहता।

वह तीस-बत्तीस से ज्यादा उम्र का नहीं होगा, लेकिन गालों में गड्ढे पड़ गए थे, आँखें धँस गई थीं, ललाट के ऊपर सिर के बहुत से बाल उड़ गए थे। देखने में पचास पर पहुँचा हुआ लगता था। ललाट पर सिकुड़न और हड्डी पर लगे चमड़ों की कालिमा बतलाती थी कि यह हँसी-खुशी के जीवन को छोड़ बहुत आगे बढ़ गया। मैली धोती, आँखों पर बहुत ज्यादा पावर का चश्मा, देह पर एक छिद्रों से परिपूर्ण जापानी गंजी पहने वह चुपचाप सूचीपत्र पढ़ रहा था।

वह क्या पढ़ता था? अक्सर वह सूचीपत्र में लिखी सारी चीजों की तारीफ पढ़ता। किन चीजों की उसे जरूरत होती या किन चीजों की खासी तारीफ रहती, उनपर उसका मन ललचना स्वाभाविक था। पर पेंसिल से पसन्द हुई चीज पर एक लाल दाग दे देने में हर्ज क्या है? कभी किसी सुविधा के समय वह इन चीजों को मँगाएगा। उस समय उसके पास काफी रुपए होंगे। सम्भव है कि उस समय किसी

लाटरी में उसका नाम निकल आए या यह भी सम्भव है कि उस समय तक वह हैड क्लर्क हो जाएगा। उसे ऐसा लगता, मानो वह दिन बहुत समीप ही है; जैसे कल ही। वह सूचीपत्र से चीजों को पसन्द करता। जी में तरह-तरह की कल्पनाएँ उठतीं। सुख की हिलोरें आने लगतीं। वह भूल जाता कि वह एक महा निर्धन आदमी है और सुख उसके जीवन में शायद कभी नहीं आने वाला है।

जैसे साँझ के रंगीन आसमान में दूर पर उड़ती हुई चिड़ियाँ ऐसी लगती हैं, मानो यह क्षितिज से सट ही गई हों; लेकिन सम्भवतः वह क्षितिज से उतनी ही दूर रहती हैं, जितनी दूर से देखने वाला उन्हें क्षितिज के बिल्कुल समीप देखता है। सीताराम के मन की यही हालत थी। अपनी कल्पना में वह क्षितिज के निकट पहुँच जाता। अभाव...शायद उसे कोई भी अभाव नहीं। वह इन चीजों को पसन्द कर रहा है, तो फिर मँगाये क्यों नहीं?

...यह पैराम्बुलेटर बहुत ही अच्छा है। मेरी छोटी-सी शैला इस पर खूब शोभेगी। साँझ को वह उसे पैराम्बुलेटर पर बिठा देगा। घर के सब लोग चलेंगे। उसकी स्त्री पैराम्बुलेटर को सड़क पर चलाती चलेगी। दोनों मुस्कुराकर बातें करेंगे। आह! उस समय कितना सुख होगा?...लेकिन उसका पाँच वर्ष का लड़का त्रिपुरारी भी पैराम्बुलेटर पर चढ़ने के लिए मचल उठेगा। अरे, वह तो बात-बात पर जिद ठान लेता है। मन की बात न हो तो रोने लगे। तो हर्ज क्या है; पैराम्बुलेटर कुछ छोटा नहीं, कमजोर भी नहीं। तसवीर में इतना अच्छा लगता है, तो देखने में कितना अच्छा होगा।...बैठ जाएगा त्रिपुरारी भी, क्या हर्ज है! वह रोता है तो अब उसे समझावे कौन? और निर्मला मेरी उँगली पकड़ कर चलेगी। वह बहुत बकबक करती है। एक-एक चीज को देख कर पूछेगी कि यह क्या है; तो इसका क्या होता है; यह बना कैसे? ऊँह...मैं तो जवाब देते-देते परेशान हो जाऊँगा। अरे! यह दूसरा पैराम्बुलेटर तो उससे भी अच्छा है। उफ, कितना सुन्दर! शैला के लिए वह इसी पैराम्बुलेटर को लेगा। दाम? इसकी तीन किस्में हैं। सबसे बढ़िया 125 रुपये, उससे कम 110 रुपये और सबसे घटिया...अभी जब इस तरह का पैराम्बुलेटर लेना ही है, सबसे बढ़िया क्यों न ले? लूँगा तो बस, सवा सौ का लूँगा। चीज देखते हुए दाम कुछ ज्यादा नहीं। नीचे स्प्रिंगों की भरमार है। और चमक कितना रहा है?...न, वह जरूर इसी को लेगा।

सीताराम ने पेंसिल से उस पर निशान बना दिया।...और ये बच्चों के लिए ट्राइसाइकिल्स हैं; लेकिन जब पैराम्बुलेटर आ जाएगा, तो फिर यह साइकिल किसलिए? अरे हाँ, त्रिपुरारी...आह, वह इसे पाकर कितना खुश होगा। किसी को छूने भी नहीं देगा। साइकिल पर चढ़कर वह मचला-मचला फिरेगा। और फिर शैला के लिए जब ऐसा सुन्दर पैराम्बुलेटर आ रहा है, तो त्रिपुरारी के लिए कुछ न आए, यह अन्याय है। उसके लिए भी एक साइकिल जरूरी है। यह...यह इसका

कितना दाम है? बीस! नहीं, नहीं, वह इससे अच्छी चीज लेगा।...और क्या उस गरीब निर्मला के लिए कुछ भी नहीं। उसके लिए भी एक साइकिल लेनी जरूरी है। वह स्कूल जाएगी न!...मगर भीड़-भक्कड़ में उसका साइकिल पर चढ़ कर जाना ठीक नहीं। संयोग को कौन कह सकता है? स्कूल की लॉरी पर ही स्कूल चली जाया करेगी।...

"सीताराम बाबू!"

एक कर्कश आवाज सुनाई पड़ी। सीताराम ने चौंक कर उसकी ओर देखा। वह झुँझला उठा था और भीतर ही भीतर घबरा गया था। यह घर का मालिक था और पिछले छह महीने का किराया माँगने आया था। सीताराम वादे पर वादे करके टाल देता और किराया बराबर बढ़ता चला जा रहा था।

उस घर के मालिक को सीताराम के काल्पनिक पैराम्बुलेटर पर तनिक भी तृष्णा नहीं थी। उसे अपने रुपयों से मतलब था। कठोर स्वर में बोला, "साहब, आप तो अच्छे आदमी हैं। मैं जब आता हूँ, आप बराबर टालमटूल करते हैं। आखिर रुपया इतना बढ़ गया है, फिर आप दोगे कहाँ से? आज मेरा पूरा-पूरा हिसाब चुकती कर दीजिए। अब बिना जोर-जुल्म किये आप नहीं मानेंगे...।"

सीताराम की आँखें त्रस्त और करुण हो आईं, मानो वह घोर जंगल के बीच भेड़ियों से घिर गया हो। उसने बड़े विनीत भाव से कहा, "बाबू साहब, आज तो...आज मुझे माफ करना पड़ेगा।"

बाबू साहब ने पूछा, "आखिर आप कोई खास दिन भी तो बतलाइए। यों ही रोज-रोज दौड़ कर मैं कब तक आऊँ?"

सीताराम का मन शान्त हुआ। उसने बिना कुछ सोचे-विचारे बड़े सहज स्वर में कहा, "आप सत्ताईस तारीख को आकर अपना कुल रुपया ले जाइए।"

सीताराम के कहने का ढंग ऐसा था, जैसे सत्ताईस तारीख को वह किसी राजा को भी तृप्त कर सकता है; जैसे उस दिन वह कोई करोड़पति हो जाएगा!

लेकिन उसने मन ही मन निश्चित कर लिया था कि उस दिन वह घर से बहुत दूर टहलने जाएगा, जहाँ पर बाबू साहब की परछाईं भी नहीं पहुँच सकती।... रुपए?...भला जो धेले-धेले के लिए तरसता हो...!

सेठजी के जाने के बाद वह बड़ी अशान्ति अनुभव करने लगा। सचमुच बड़ी गर्मी पड़ रही थी। उसे भूख भी मालूम होने लगी। वह सूचीपत्र देखने के फेर में सब कुछ भूल गया था। आज न उसने कुछ जलपान किया था और न चाय ही पी थी। उसने उठकर अपना काठ का बक्स खोला। एक कोने में एक चवन्नी रखी थी और कुछ पैसे। अभी महीने में आठ दिन बाकी थे और फुटकर खर्च के लिए केवल उतना ही व्यापार था। उसने पैसों को लेकर गिना। सात थे। वह दो पैसे की

एक प्याला चाय पीएगा, दो पैसे का जलपान करेगा। तीन पैसे बच रहेंगे, जिनमें से वह एक पैसे का पान खाएगा। उसने सोचा, इन बाकी दो पैसों को रख ही दूँ। बेकार ले जाने से कोई लाभ नहीं; सम्भव है, खर्च हो जाएँ। फिर कह उठा—अरे, लिये भी चलूँ...!

3

एक दिन सुबह को सीताराम सदा की भाँति बैठा हुआ कैटलॉग देखने में व्यस्त था। 'ह्वाइटवे-लैडला' का नवीन सूचीपत्र आया था। सीताराम की खुशी का कोई ठिकाना नहीं। उसने देखा, कई चीजों की कीमत घट गई हैं, कुछ की बढ़ गई हैं। वह तरह-तरह की चीजों को पसन्द कर रहा था। अपने लिए कोट, जूते और क्या-क्या मँगाएगा! निर्मला, त्रिपुरारी, शैला, सबके लिए अच्छी-अच्छी चीजें आएँगी। वह खुश था अपने को व्यस्त समझ रहा था।

उसकी स्त्री चम्पा आकर बोली, "तुम फिर वही खटराग ले बैठे! रात को तुमने वादा किया था न, कि शैला को आज अस्पताल ले जाओगे!"

शैला सबसे छोटी लड़की थी। इधर दो दिन से बीमार थी। शरीर तपता रहता, बार-बार हिचकी और उबकाई आती और बेचारी कलप कर रो उठती।

रात को सीताराम ने कहा था कि सुबह इसे अस्पताल ले जाऊँगा, लेकिन वहाँ पर भी कोई अच्छी दवा मिलने की उसे उम्मीद नहीं थी, इसी कारण सूचीपत्र के पन्ने उलट रहा था।

स्त्री की बात सुन वह मन ही मन अत्यन्त लज्जित हुआ और झूठ-मूठ चौंकने का भाव दिखला कर बोला, "ओहो, मैं तो भूल ही गया था। लाओ-लाओ, जरा मेरा छाता ले आओ।"

ह्वाइटवे-लैडला के यहाँ के बारह रुपए जोड़े जूते पहनने का हौसला रखने वाले सीताराम ने पैरों में सवा बरस के चप्पल पहने, पैबन्द से परिपूर्ण छाता लिया और शैला को गोद में लेकर अस्पताल की ओर चला।

सुबह के आठ बज चुके थे। मई महीने की धूप अपना रंग दिखला रही थी।

बाजार खुला हुआ था। लेन-देन, क्रय-विक्रय, इक्का-ताँगा, मोटर-फिटिन आदि सब कुछ का शोरगुल एक अजीब तरह का लगता था।

एक तो बुखार और दूसरे बाहर की गर्मी; शैला पिता के कन्धे पर चिपक गई थी।

सीताराम धीरे-धीरे कभी उसका माथा सहला कर कह उठता, "डर नहीं, बेटी, डर नहीं! हमलोग अस्पताल जा रहे हैं। वहाँ डॉक्टर तुम्हें खूब मीठी दवा देगा।"

शैला क्या बोलती। उसे बोलना आता भी नहीं था। उसकी आँखें बन्द हो गई थीं और वह जोर-जोर से साँस ले रही थी।

अस्पताल में पहुँच कर भी उसे शैला को दिखलाने की सुविधा नहीं मिली। डॉक्टर वहाँ पर रोगियों की भीड़ से घिरा हुआ था। कोई कायदा नहीं, जो पाता वही आगे बढ़कर डॉक्टर को अपना रोग बतलाता। डॉक्टर किसी को जरा यों ही कुछ देख लेता और नहीं तो केवल बात सुनकर ही प्रेसक्रिप्शन लिख कर दे देता। भले आदमी यानी जिनके कपड़े साफ थे, गले में सोने के बटन चमक रहे थे, उन लोगों से डॉक्टर कुछ दिलचस्पी दिखला कर बातें करता था।

सीताराम आशा से देख रहा था कि जरा भीड़ छँटे तो वह शैला को दिखलाए। लेकिन ग्यारह बज गए, डॉक्टर को फुरसत नहीं मिली और वह एकाएक कुर्सी खिसका कर उठ कर खड़ा हो गया। सीताराम उसकी ओर बढ़ा आ रहा था, जिसे देखकर बोला, "अब अभी नहीं! अब शाम को आना।"

और उसने टँगे हुए टोप को उतार कर सिर पर रखा और चल दिया।

कमरा खाली हो रहा था। बाहर रोगी आपस में तरह-तरह की बातें कर रहे थे। कम्पाउंडर की खिड़की पर लोगों के सिर झुके हुए थे। भीड़ खूब थी।

सीताराम शैला को लिए उसी चिलचिलाती धूप में घर लौटा। आज ऑफिस पहुँचने में उसे काफी देर हुई थी, जिसके लिए हैड क्लर्क की झिड़कियाँ भी सुननी पड़ीं।

4

रात हो गई थी। सीताराम के कमरे में फूटी चिमनी की लालटेन जल रही थी। उसके सामने दवाइयों का एक सूचीपत्र था, जिसमें से वह शैला के लिए एक दवा चुन रहा था।

चम्पा ने आकर कहा, "तुम शाम को भी उसे अस्पताल नहीं ले गए। अभी चल कर देखो तो, बेचारी छटपटा रही है।"

सीताराम ने उसकी ओर झुँझलाई आँखों से देखा, किन्तु कुछ कहा नहीं।

अभी वह एक अच्छी दवा पा गया था। उस दवा की एक-दो खुराक से ही बच्चों का कैसा भी बुखार छूट सकता था।

सीताराम की आँखों की ओर देखकर चम्पा सहम गई। कातर-सी होकर पूछा, "क्या कुछ जरूरी काम कर रहे हो?"

सीताराम ने सरोष कहा, "तुम यहाँ से भागो। बेवकूफ कहीं की!"

फिर उसने सिर झुका लिया और 'बंगाल केमिकल' के सूचीपत्र में से कोई बहुत ही अच्छी दवा ढूँढ़ने लगा। वह इतना व्यस्त हो गया था, मानो सूचीपत्र की दवा पाकर ही शैला अच्छी हो जाएगी।

आखिर आधे घंटे के बाद मनचाही दवा मिली और उसी समय चम्पा घबराई हुई कमरे में आकर बोली, "अरे, आओ तो, जरा उसे देखो...। हाय भगवान...!"

वह अधीर थी और फफक-फफक कर रो रही थी।

माँ का रोना सुनकर दोनों बच्चे भी रोते-रोते कमरे में घुस आए।

सीताराम ने कैटलॉग को फेंक दिया और उठकर बोला, ''घबराओ नहीं, उसे मेरे पास लाओ। मैं उसे अभी किसी डॉक्टर के यहाँ ले जाता हूँ।''

वह जानता था कि बक्स में कुछ भी नहीं है, लेकिन फिर भी बक्स को खोलकर डॉक्टर की फीस और दवा के दाम के लिए पैसे खोजने लगा!

गरीबी की दवा

आज फिर साँझ हुई, फिर उसी तरह साढ़े पाँच बज गए और उसी प्रकार हारा-थका उमेश अपने ऑफिस से निकला। उसके चेहरे पर चिन्ता घनीभूत हो उठी थी। आँखों में विषाद का ऐसा कुछ भाव था कि लगता, मानों वह किसी विभीषिका को प्रत्यक्ष देख रहा हो; जैसे, स्वप्न से अंगार निकलकर प्रत्यक्ष हो रहे हों और उसका भय उसके चेहरे पर आतंक और वेदना के रूप में व्याप्त हो गया हो।

उमेश को उस ऑफिस में काम करते आज करीब बाईस साल हो चले। न कभी उसका तबादला हुआ और न कभी कोई खास बात ही हुई। हाँ, स्केल के अनुसार उसका वेतन बढ़ता गया; और बस, जो हुआ, केवल इतना ही हुआ। आदमी भी वह कुछ अजीब कैंड़े का था। न खुशामद-बरामद, न लल्लो-चप्पो। अपने अफ़सरों के सामने वह दबा-दबा, डरा-डरा, झिझकता-सहमता आता था। उस समय उसके चेहरे से हवाइयाँ उड़ती रहती थीं। लगता था, जैसे, उसका वह अफसर उसे निगल जाएगा। न जाने उसके मन में उस समय क्या डर घुस जाता था। पर यों काम में वह कुशल था। रोज का काम रोज कर डालता और काम की अधिकता का रोना वह कभी न रोता। चुप्पी साधकर वह काम करता। काम करता और काम समाप्त करके घर चला आता। ऑफिस के लोग जिस समय गप्प किया करते थे, दूसरों की निन्दा-स्तुति में रत रहा करते थे उस समय उमेश चुपचाप अपना काम करता रहता। अपने काम में वह पक्का था। सिर झुकाकर काम करने की उसकी आदत ऐसी हो गई थी कि बहुधा सिर झुकाकर ही चला करता था। उस समय भी उसके दिमाग में ऑफिस के नोट्स, और ड्राफ्ट्स घूमते रहते थे। उसकी वह नौकरी ऐसी थी कि जहाँ न कभी किसी तरह की ऊपरी आमदनी हुई और न होने की कभी आशा ही थी। दूसरों के लिए उसके काम में आकर्षण नहीं था और इसीलिए न उसका तबादला होता और न उसकी तरक्की होती। अपने काम में वह स्क्रू की तरह फिट् हो गया था कि वह न हिल सकता था और न कभी कुछ दिन की छुट्टी लेकर आराम ही कर सकता था। आजकल उसे अपने स्केल से बढ़ा हुआ जो वेतन मिलता था वह करीब डेढ़ सौ रुपयों की रकम थी।

यह रुपया उसके घर के खर्च के लिए पूरा नहीं पड़ता था। यों परिवार ज्यादा लम्बा-चौड़ा नहीं था। उसकी स्त्री थी, एक लड़का था, एक लड़की थी; और बस। लड़का बी.ए. फाइनल देने की तैयारियाँ कर रहा था और लड़की आई.ए. पास करके इसी साल निकली थी। उसका विचार और भी अधिक पढ़ने का था, पर माँ ने धमका दिया कि अब शादी की उम्र आई, अब तू क्या पढ़ेगी? और श्री को मन मारकर चुप रह जाना पड़ा। यों श्री को अधिक पढ़ाने की इच्छा तो घर में सबकी थी, पर आज के जमाने में शिक्षा भी कम महँगी चीज नहीं। उमेश का वश अपनी परिस्थितियों पर नहीं चलता। उसकी उम्र चालीस को पार कर गई है। भाँति-भाँति के दिन आए और गए। उसके मन में एक आशा थी कि कभी-न-कभी अच्छे दिन आवेंगे, पर वह आशा आजतक पूरी नहीं हुई। जो मिल जाता है उसी से गुजारा करना पड़ता है। महँगाई है सो माननेवाली नहीं। अभाव और चिन्ता में दिन गुजर रहे हैं।

अबकी महीने में कुछ ऐसा हुआ कि इसी अक्टूबर में दशहरा और दीवाली आ गई। 8 अक्टूबर को दशहरा था। उस समय तो टटका वेतन मिला था। काम निकल गया। पर दीवाली? वह पहाड़ की तरह सामने खड़ी थी। सरकारी क्वार्टर में वह रहता था। घर की पुताई नहीं करानी थी। पर दीप तो जरूर जलेंगे। मिठाइयाँ अवश्य आवेंगी। आने-जानेवाले भी माननेवाले नहीं। पास में पैसा नहीं। सत्यभामा उसकी स्त्री थी। उसके मायके में व्यापार होता था। लोग सम्पन्न थे। उनके यहाँ दीपावली का महत्त्व बहुत ज्यादा था। वह इस विषय में अपने पति से किसी तरह समझौता नहीं कर सकती थी। उसे विश्वास था कि लक्ष्मीजी का जो पूजन उस दिन होता है उसी पूजा से प्रसन्न होकर लक्ष्मीजी लोगों के घर में जाती हैं। हालाँकि वह हर साल लक्ष्मीजी का पूजन करती आई, पर कभी भी उसकी मनोकामना पूरी नहीं हुई थी। फिर न जाने किस आशा के तन्तु को पकड़कर वह आज भी अपने पति से झगड़ा कर रही थी कि लक्ष्मीजी का पूजन समारोह के साथ होना ही चाहिए, मिठाइयाँ होनी ही चाहिए। इस काम के पीछे सत्यभामा जो खर्च बतलाती थी वह साठ-सत्तर से कम का खर्च नहीं था। उमेश का दिमाग घूम जाता। उसकी समझ में आता ही न था कि ये रुपए कहाँ से आवेंगे। अवसर आने पर वह एक काबुली से रुपया लिया करता था, पर इधर कुछ ऐसा हुआ कि लेकर देने का फिर कभी मौका ही नहीं आया। अबकी जब उसने दीवाली के खर्च के लिए काबुली से रुपया माँगा तो एकदम इनकार कर गया। रुपया न दिया सो न ही दिया, ऊपर से यह धमकी भी दे डाली कि पीछे का जो करीब एक हजार रुपया बाकी चला आ रहा है उसे अगर चुकता न करोगे, तो अबकी कचहरी खुलते ही नालिश कर दूँगा। उस काबुली की बात से उमेश का कलेजा ऐंठ गया। उसने आजतक किसी की खुशामद न की थी, पर उस काबुली के सामने घंटों उसकी चिरौरी करता रहा।

आज जब वह ऑफिस से बाहर निकला तो उसकी समझ में आता ही नहीं था कि वह किस प्रकार अपनी पत्नी का सामना कर सकेगा। उसे उसके सामने जाते हुए घबराहट मालूम हो रही थी। पर वह यह भी नहीं समझ सकता था कि जाएँ तो आखिर कहाँ जाएँ। आज तक उसकी जिन्दगी यही रही कि ऑफिस गया और घर आया। इसके अलावा उसकी दिनचर्या में और कोई भी अन्तर नहीं आ पाया था। घर में रामायण और गीता की पुस्तक थी। फुरसत के समय वह उन्हीं को पढ़ता था। पर आज वह कहाँ जाए? वह सड़क से जा रहा था। कातिक महीने की हल्की गुलाबी हवा जब उसे लगी तब उसे सँहसा अपना बचपन याद हो आया। अपने बाल्यकाल में वह शहर के किनारे एक सरोवर के समीप जाकर घंटों बैठा करता था। इससे उसके मन को एक अजीब तरह की शान्ति मिलती थी। उसकी इस स्मृति में बचपन की सजीवता और प्रफुल्लता मिली हुई थी। फिर वह कुछ और सोच भी नहीं सका और उसी ओर जाने लगा जहाँ शहर का किनारा था, जहाँ वह सरोवर था, जहाँ बचपन के दिनों में बैठकर वह एक अजीब तरह की शान्ति पाया करता था। उस समय भी इसी तरह गुलाब की तरह कोमल और ठंडी हवा बहती रहती थी।

उसने तेजी के साथ उस ओर चलते हुए कुछ ऐसा भी अनुभव किया कि उस सरोवर के समीप पहुँचते ही वह मानो अपने बचपन के पास भी पहुँच जाएगा। उसकी आँखें आशा से चमक उठीं। उसकी चाल में तेजी भी आ गई।

उस सरोवर के चारों ओर ताड़ के पेड़ थे। एकान्त स्थान था। आसपास की झाड़ियों में झींगुर बोल रहे थे। जब उमेश वहाँ पहुँचा तब एक बगुला घबराकर उड़ गया। छप-छप करके मेढ़क पानी में उछल गए। पर वहाँ पहुँचकर भी वह अपने मन में शान्ति नहीं पा सका। उसने पाया कि उसके कलेजे के ऊपर कोई ठोस और भारी पदार्थ रखा हुआ है। उस बोझ से वह छुटकारा नहीं पा सकता। उसने अपने मन में कुछ ऐसा भी पाया कि उसके कलेजे पर जो बोझ है वह सजीव-सा है। वह हिलता-डुलता है और उससे व्यथा भी होती है। फिर उसने पाया कि निराशा की विभीषिकाएँ उसे चारों ओर से घेरकर खड़ी हैं और बेतहाशा हँस रही हैं। जैसे-जैसे आसपास अन्धकार बढ़ रहा है वैसे-ही-वैसे विभीषिकाएँ भी घनी तथा सजीव होती जा रही थीं। यहाँ भी उसे शान्ति न मिली और वह घबरा गया। फिर उसने अपने मन में सोचा कि अब जो होना है सो हो ही जाए! और वह शीघ्रतापूर्वक उस स्थान से उठ गया और तेजी के साथ अपने घर की ओर चलने लगा।

चलते समय उसे ऐसा मालूम हो रहा था कि उसकी सारी चिन्ताएँ और वेदनाएँ एकस्वर से उसे पीछे पुकार रही हैं, और, उसे रुक जाने को कह रही हैं—जरा सुन लो तो सही। और धीरे-धीरे उसकी चाल मंथर हो गई। वह धीरे-धीरे भूला हुआ-

सा चलने लगा। तब उसकी चिन्ताएँ और वेदनाएँ भी उसके साथ आगे-पीछे चलने लगीं। वह मन-ही-मन उनसे बातचीत-सा करने लगा। उसे यह सुध भी नहीं थी कि वह कहाँ से आ रहा है और कहाँ जा रहा है। यदि उस समय कोई उससे सहसा पूछ बैठता कि तुम्हारी चिन्ताएँ क्या हैं, तो वह उसका कोई उत्तर भी नहीं दे पाता; क्योंकि वह उस स्थिति में था ही नहीं जब आदमी अपने से चिन्ता को भिन्न समझता है। वह इस प्रकार जा रहा था जिस प्रकार कवि स्वप्न देखता हुआ चलता है, एकाग्र और तन्मय।

2

जिस समय वह घर पहुँचा उस समय रात हो चुकी थी। अपने हृदय को कड़ा कर उसने अपने घर में प्रवेश किया था। वह इस बात पर अटल था कि अब चाहे जो हो, वह साफ-साफ कह देगा कि दीवाली के खर्च का इन्तजाम न हो पाया है और न हो सकता है। इसके लिए तुम प्रसन्न रहो या नाराज। पर इस साल न लक्ष्मी-पूजा होगी और न दीप जलेंगे। उमेश ने अपने मन को इस प्रकार दृढ़ किया था कि उसकी दृढ़ता उसके चेहरे पर भी चमक गई थी। उसकी आँखों की चमक में एक प्रकार की स्थिरता थी।

पर, घर पहुँचकर उसे आश्चर्य से चकित हो जाना पड़ा। उसकी स्त्री ने मुस्कान के द्वारा उसका स्वागत किया। वह इस स्थिति के लिए तैयार न था। उसने समझा था कि झगड़ा होगा, जली-कटी सुननी पड़ेगी; और वह ईंट का जवाब पत्थर से देने को तैयार होकर आया था। पर, मुस्कान का सामना करने के लिए वह बिल्कुल ही तैयार न था। वह घबरा गया और सोच भी न सका कि उसे क्या करना चाहिए। सत्यभामा की वह प्रिय मुस्कान उसे उसके रोष से भी अधिक भयंकर मालूम हुई। एक क्षण के लिए वह घबरा उठा। सत्यभामा की मुस्कान उसके मन में बिजली की तरह कौंधने लगी। वह अनुमान करने लगा कि अब मुस्कान की बिजली के साथ-साथ क्रोध का वज्र भी गिरेगा। पर वैसा नहीं हुआ। सत्यभामा के बर्ताव में आज कुछ भी अप्रिय नहीं था। सब सरल, सब सुन्दर था। उमेश चाह कर भी उससे झगड़ा नहीं कर पाया। सत्यभामा ने पूछा भी नहीं कि दीवाली के रुपयों का तुमने बन्दोबस्त किया है या नहीं? और बिना पूछे ही उमेश क्या उत्तर देता? उसके मन की बात उसी के मन को आरा की तरह चीरने लगी। वह गम्भीर और व्याकुल मालूम हो रहा था।

उस रात विशेष कोई बातचीत भी नहीं हुई। ऐसा कुछ लगा कि इस परिवार में दीवाली आनेवाली ही नहीं है। न उमेश ने कोई बात छेड़ी और न सत्यभामा ने कुछ पूछा। यों साधारण तौर से जिस प्रकार दिन आते थे उसी प्रकार रात बीत गई। उमेश को अचम्भा मालूम हो रहा था कि सत्यभामा बात छेड़ती क्यों नहीं है?

पर दूसरे दिन सबेरे इस बात का रहस्य खुला कि सत्यभामा रात को इस तरह प्रसन्नता का भाव रखकर मुस्कुरा क्यों रही थी। सत्यभामा घर में सबसे पहले उठनेवाली स्त्री थी। चार बजे प्रात:काल ही वह उठ जाती और सारा दिन काम में जुटी रहती। पर उस दिन जब सात बजने लगे तब उमेश ने पूछा, ''आज उठती क्यों नहीं हो? आज क्या सबेरा होगा ही नहीं?''

सत्यभामा ने लेटे-लेटे अपनी आँखें खोलीं। उसने कहा, ''कल शाम से ही मेरी छाती में बेतरह दर्द था; पर डर से तुमसे नहीं बोली। तुम घबरा जाते। पर अब तो मालूम हो रहा है कि मुझे बुखार हो आया है। छाती में इस तरह दर्द है कि कुछ सहा नहीं जाता।''

और इतना कह लेने के बाद सत्यभामा पहली बार पीड़ा से कराह उठी। अबतक उसने अपने को किस मुश्किल से जब्त किया था, रात वह कितनी पीड़ा के बीच विहँसती रही, यह सारा इतिहास उस एक ही दर्दनाक कराह से प्रकट हो गया।

उमेश ने घबरा कर देखा। सचमुच बुखार हो आया था। सत्यभामा का शरीर कभी भी इतना गर्म नहीं हुआ था। लगता था कि जैसे छूते ही हाथ जल जाएँगे।

उमेश ने व्यस्त भाव से कहा, ''डॉक्टर को बुलाना ही होगा!''

सत्यभामा ने जवाब दिया, ''डॉक्टर आकर ही क्या कर लेगा। दो-तीन दिन में आप ही ठीक हो जाऊँगी।''

उमेश ने पागल की तरह कहा, ''नहीं-नहीं, डॉक्टर को तो बुलाना ही होगा।''

सत्यभामा से वास्तविकता छिपी नहीं थी। बोली, ''पास-पल्ले कुछ है ही नहीं; डॉक्टर कैसे आ सकेंगे?''

उमेश ने साहस बटोरकर कहा, ''तुम घबराओ नहीं। मैं सारा इन्तजाम किये देता हूँ। थोड़ी देर के बाद ही डॉक्टर को बुला लाता हूँ।''

वह कमरे से बाहर निकला। उसकी लड़की श्री बाहर खड़ी थी। उमेश ने उसे समझाकर कहा, ''तुम्हारी अम्मा को जोरों से बुखार हो आया है। छाती में दर्द भी है। तुम हरिनारायण बाबू के यहाँ से जरा थर्मामीटर लेती आना और अपनी माँ को देखती रहना। मैं डॉक्टर को लेकर थोड़ी देर में वापस आता हूँ।''

और उमेश व्यस्त भाव से घर से बाहर निकल गया।

बाहर सूर्य की किरणें आसपास के मकानों के ऊपर चमक रही थीं। कुछ लड़के अपने घर के बरामदों के ऊपर दरी बिछाकर पढ़ रहे थे। फेरीवाले अपनी चीजें बेचने के लिए तेजी से चिल्लाते हुए चहलकदमी कर रहे थे। सामने का घरवाला अपनी चितकबरी गाय को दूह रहा था। उसका बछड़ा रह-रहकर उछल पड़ता, पर गाय निर्विकार भाव से खड़ी थी। पास ही पीतल की बाल्टी सूरज की किरणों के कारण सोने की तरह ऐसी चमक रही थी कि उसपर आँख भी नहीं

ठहरती थीं। बाहर निकलने के बाद जब उमेश सड़क पर चलने लगा तब उसे वास्तविकता का ज्ञान हुआ। तब उसने अपनी स्थिति समझी और समझा कि कहीं से पैसा पाने की तो कोई उम्मीद ही नहीं है। पर फिर भी सत्यभामा की दवा करानी होगी। घर में गहने भी नहीं। वे लड़के-लड़की की पढ़ाई के पीछे कबके बिक चुके थे। आज यदि वे गहने भी होते तो इस गाढ़े अवसर पर काम आ जाते। पर आज कुछ तो लाना ही है। सत्यभामा को यों मरने नहीं दिया जा सकता। वह फिर तेजी के साथ चलने लगा। वह स्वयं नहीं जान पाता था कि वह कहाँ जा रहा है और क्यों जा रहा है। उसके चेहरे पर घबराहट थी और चाल में तेजी। जल्दी के कारण वह अपने सिर पर टोपी रखना भी भूल गया था।

करीब दो घंटे के बाद उमेश अपने घर में वापस लौटा। उस समय उसके चेहरे पर निराशा छाई हुई थी। वह स्वयं बीमार-सा मालूम हो रहा था। करीब दस बज रहे होंगे। उसका लड़का कॉलेज के लिए चला गया था। उसे स्वयं ऑफिस जाना था। उसकी लड़की हाथ धोती हुई रसोईघर से निकली। उसके चेहरे पर प्रश्न था। उसने आशा की थी कि उसके पिताजी डॉक्टर को लेकर घर आवेंगे। अपने पिता को अकेला देखकर उसे आश्चर्य हुआ।

उमेश ने पूछा, "कैसी हैं?"

श्री बोली, "हालत अच्छी नहीं मालूम होती। एकदम बेहोश है। पूछती हूँ तो कोई जवाब ही नहीं देती, कभी-कभी बेहोशी में भयानक रूप से चिल्ला उठती है। मालूम होता है कि बड़ी तकलीफ में माँ के प्राण अटके हैं।"

और बात समाप्त करने से पहले ही श्री के दोनों गालों पर आँसू की दो लकीरें खींच गईं।

उमेश ने पूछा, "बुखार कितना है? टेम्परेचर देखा था न?"

श्री ने कहा, "आध घंटा पहले टेम्परेचर लिया था। उस समय एक सौ छह डिग्री बुखार था। ऐसा बुखार न कभी देखा, न सुना। माँ को होश भी है ही नहीं।"

श्री ने आँचल से अपने आँसुओं को पोंछ लिया।

श्री को रोती हुई देखकर उमेश का जी भी रोने को हो आया। उसके कलेजे के अन्दर रुलाई घुमड़ने लगी। पर उसने अपने को रोक कर कहा, "नहीं बेटी, घबराने की जरूरत नहीं। मैं डॉक्टर को बुलाये आ रहा हूँ। अच्छी तो हो ही जाएँगी, पर परेशानी है; और कुछ नहीं।"

और इतना कहकर उमेश ने हँसना चाहा, पर हँसने की चेष्टा में उसका मुँह विकृत हो गया और आँखों में आँसू छलक आये। वह शीघ्र ही अपने कमरे में चला गया कि श्री उसके आँसुओं को देख न ले।

कमरे में बैठकर उसने दरख्वास्त लिखी। लिखा कि मेरी स्त्री एकाएक सख्त बीमार पड़ गई है। आज की छुट्टी चाहिए। उसके बाद उसने श्री को बुलाकर कहा,

''इस दरख्वास्त को ले जाकर हरनाम बाबू के घर पर दे आना। वे ऑफिस में दे देंगे। मैं डॉक्टर की बुलाकर शीघ्र ही आ रहा हूँ। घबराना नहीं। हाँ, भगवान सबके साहस की परीक्षा लेते हैं।''

और वह व्यस्त भाव से घर से निकलकर चला गया।

बाहर किरणें तेज थीं। कातिक की धूप शरीर पर चिनगारी-जैसी लग रही थी। उमेश के शरीर से पसीना छूट रहा था और वह तेजी के साथ डेग बढ़ाता हुआ फिर सूबा खाँ के घर की ओर जा रहा था।

सूबा खाँ का घर ज्यादा दूर नहीं था। दो-तीन गलियों से मुड़ता हुआ उसने उसके घर की दूरी को और भी कम कर लिया। जिस समय वह सूबा खाँ के दरवाजे पर पहुँचा उस समय उमेश पसीने से तर था और हाँफ रहा था। सूबा खाँ उसे फिर दुबारे अपने सामने देखते ही विरक्त हो उठा। झिड़ककर बोला, ''तुम फिर आ गए? मैंने कह दिया कि जबतक पिछला हिसाब साफ नहीं करोगे, मैं एक पैसा भी नहीं दे सकता।''

उमेश ने करुण भाव से कहा, ''मेरी घरवाली बहुत सख्त बीमार पड़ गई है!''

उसकी आँखों में आँसू छलक आए। रोते-रोते उसने कहा, ''सूबा खाँ, आज का किया हुआ तुम्हारा अहसान मैं सारी जिन्दगी नहीं भूल सकता!''

पर सूबा खाँ के चेहरे की विरक्ति तनिक भी कम नहीं हुई। उसने कहा, ''उमेश बाबू, हम यहाँ अहसान करने के लिए नहीं बैठे हैं। तुम पिछला हिसाब साफ करो और एक की जगह दो ले जाओ। पर तुम तो ऐसे निकले कि आज छह महीने से पिछले रुपयों का सूद भी नहीं दे रहे हो।''

उमेश ने कातर होकर कहा, ''आज मुझे सौ रुपए दे दो। मैं दो सौ का हैंडनोट लिखे देता हूँ।''

सूबा खाँ ने झिड़ककर कहा, ''चलो-चलो, रहने दो। तुमसे मूल रुपया भी वसूल हो जाए, तो वही गनीमत है। तुम सूद तो देते ही नहीं। ऊपर से और भी एक सौ माँगने चले आए।''

उमेश को हुआ कि इस आदमी की गरदन टीप दे और सन्दूक खोलकर तमाम रुपए उठा ले। पर अपने को जब्त करके कहा, ''सूबा खाँ, आज भर तरस खाओ। अब कभी ऐसा नहीं होगा। अगले महीने में तुम्हारा रुपया ब्याज के साथ चुका दूँगा।''

सूबा खाँ अबकी नरम पड़ा। कहने लगा, ''भाईजान, आज रुपए हैं नहीं। कल आओ तो शायद कुछ उपाय कर सकूँ। पर, अच्छा हो कि तुम कहीं दूसरी जगह से ही बन्दोबस्त कर लेते। हमारा तो उसूल है कि जबतक पिछला रुपया वसूल नहीं होता, हम नया रुपया नहीं दिया करते। उधर तुम्हारी वादाखिलाफी की तो कोई

इन्तिहा नहीं। अगर जरा भी तुमने फिक्र की होती तो अबतक कब के वे रुपए वसूल हो गए होते।''

पर असली बात क्या थी—इसे दोनों व्यक्ति समझ रहे थे। उमेश ने अन्तिम बार गिड़गिड़ाकर कहा, ''सूबा खाँ, हमारी गरीबी पर तरस खाओ। मैं बहुत ही लाचार होकर तुम्हारे पास आया हूँ। अब मुझसे देर नहीं होगी। पाई-पाई चुकता कर दूँगा।''

वह इस तरह गिड़गिड़ा रहा था कि सूबा खाँ को हँसी आ रही थी। बहुत मुश्किल से हँसी को जब्त करके कहा, ''यार मेरे, बात तुम समझते नहीं, तो मैं क्या करूँ। आना ही हो तो कल आना। अभी तो मुझे एक जगह जाना है। आदाब अर्ज!''

उमेश ने आखिरी चेष्टा की। कहा, ''सूबा खाँ, मुझे अभी तुरन्त डॉक्टर को लाना है। रहम करो सूबा खाँ; आज मेरी जिन्दगी का बहुत ही नाजुक मौका है। मेरी बात सुनो।''

पर सूबा खाँ तबतक अपने दरवाजे पर से अपने घर के अन्दर जा चुका था। उमेश का सिर घूम गया। उसकी आँखों के सामने उड़ते हुए रंगीन सितारे नजर आने लगे। उसे लगा कि वह बेहोश हो रहा है। पर उसने हिम्मत की। लड़खड़ाता हुआ भी सँभल गया।

अब वह फिर सड़क पर था। चल रहा था और दो-तीन गलियों से मुड़ता हुआ अपने घर की दूरी को कम कर रहा था। उसे ऐसा लग रहा था कि वह घर में जाएगा तो सत्यभामा को जीवित नहीं पाएगा। सत्यभामा मरी हुई पड़ी होगी और उसकी लाश के सामने खड़ी होकर श्री बिलख-बिलख कर रो रही होगी। तब उससे अपने घर की ओर आगे नहीं चला गया। उसने दूर से ही अपने घर की ओर देखने की चेष्टा की और फिर वापस लौट गया।

3

थोड़ी देर बाद, जब उमेश घर में वापस आया तब वह अकेला नहीं था। अपने साथ वह डॉक्टर भी लेता आया था। डॉक्टर की नई मोटर पर बैठकर आते समय उसे एक विचित्र आनन्द और गौरव का अनुभव हो रहा था। एक क्षण के लिए वह बिल्कुल ही भूल गया था कि उसकी स्त्री मरणासन्न बीमार है और उसके हाथ में एक भी पैसा नहीं है। गाड़ी की स्प्रिंग के लचकीलेपन पर वह मुग्ध था और जब गाड़ी किसी मोड़ पर घूम जाती थी तब उसके मन में एक गुदगुदी-सी आ जाती। जब उसके दरवाजे पर गाड़ी खड़ी हुई तब भी उसने गौरव का अनुभव किया कि हमारे दरवाजे पर मोटर भी खड़ी होती है।

डॉक्टर के पीछे-पीछे उसका हैंडबैग लेकर उमेश अन्दर घुसा। सत्यभामा ने एक बार आँखें खोलकर पीड़ा से कराहा; फिर अपनी आँखें बन्द कर लीं। उसने

डॉक्टर को देखा था या नहीं, यह ठीक-ठीक नहीं कहा जा सकता। उसकी आँखें लाल थीं। एक बार सूखी खाँसी खाँसकर वह चुपचाप निष्पन्द हो गई।

उमेश जिस डॉक्टर को अपने साथ लाया था, वह शहर का बहुत नामी डॉक्टर था। वह एक बार गौर से देर तक सत्यभामा की ओर देखता रहा। फिर श्री को अपने पास बुलाकर पूछा, ''यह दर्द भी बतलाती है?''

श्री ने डरते-डरते कहा, ''जी डॉक्टर साहब, कहती थी कि छाती और कन्धे की हड्डियों में बेअन्दाज दर्द है।''

डॉक्टर ने गम्भीर होकर पूछा, ''पेशाब हुआ था?''

श्री ने कहा, ''जी, सिर्फ एक बार लाल रंग का-सा।''

श्री के उत्तर से डॉक्टर का चेहरा और भी गम्भीर हो उठा। फिर उन्होंने श्री से कोई प्रश्न नहीं किया और रोगिणी की परीक्षा करने लगे। सबसे पहले नाड़ी देखी। वक्षःस्थल की परीक्षा की। फिर थर्मामीटर लगाकर देखा और बोले, ''एकदम 107 डिग्री ज्वर है।''

उमेश ने कातर होकर पूछा, ''अच्छी तो हो जाएगी न डॉक्टर साहब!''

डॉक्टर ने सान्त्वना के भाव से कहा, ''कोशिश करने से क्या नहीं हो सकता। फिर भी बड़ी सावधानी के साथ इनकी दवा होनी चाहिए। रोग साधारण नहीं। इन्हें प्लूरो-न्यूमोनिया हो गया है। हार्ट का कंडीशन भी ठीक नहीं मालूम होता। सूत की तरह नाड़ी चल रही है। सावधानी के साथ कुछ दिनों तक इनकी दवा करानी होगी। आज से इन्हें पेन्सिलीन का इन्जेक्शन दिलाना शुरू कीजिए। फिर पीछे किसी दूसरी दवा के बारे में विचार किया जाएगा।''

उमेश ने एकाएक उत्साह के साथ कहा, ''हाँ-हाँ, जब न्यूमोनिया है तब पहले पेन्सिलीन ही दीजिए। क्या होगा; कुछ खर्च हो जाएगा। पर ये अच्छी तो हो जाएँगी। आप रुपए-पैसों की तनिक परवाह न करें। पैसा-रुपया हमलोग हाथ की मैल समझते हैं। रुपयों के बिना किसी का कोई काम रुका नहीं रह सकता। आप पेन्सिलीन लिख दीजिए। हमलोग किसी दूसरे डॉक्टर को बुलाकर आज ही पेन्सिलीन की सुई दिला देंगे।''

डॉक्टर ने प्रिसक्रिप्शन लिखते हुए कहा, ''पाँच लाख पेन्सिलीन की सुई आज दिलाकर देखें। कल जैसा हो, हमें खबर दें।''

उमेश ने आश्वस्त-सा होकर कहा, ''यही ठीक है, आज पेन्सिलीन की ही सुई दी जाएगी।''

जब डॉक्टर वहाँ से चलने को हुए तब उमेश सहसा व्यस्त-सा हो उठा। डॉक्टर के कुर्सी पर से उठने से पहले ही वह उठ गया और उस कमरे से बाहर निकलकर इधर-उधर देखने लगा। फिर वह रसोई-घर में घुस गया और वहाँ से एक बड़ा-सा लोटा उठाकर लेता आया। उस लोटा को डॉक्टर के सामने रखकर कहने लगा, ''यह आपके काम के लायक चीज होगी न? आज हमारे पास नकदी

रुपया नहीं है। यह लोटा रख लीजिए। आपको काम देगा। आपकी फीस आठ रुपए है। इसे तो मैंने बारह रुपयों में खरीदा था। असली फूल का लोटा है। इसका रंग कभी मैला नहीं होगा। देखिए न, कैसा चाँदी की तरह चमक रहा है?''

डॉक्टर ने विरक्त होकर कहा, ''रहने दीजिए, इसकी कोई जरूरत नहीं। आपके पास जब रुपए आ जाएँ, हमें दे दीजिएगा। लोटा लेकर मैं क्या करूँगा?''

उमेश उनकी बात काटकर बोला, ''देखिए डॉक्टर साहब, लोटा तो यह आपको लेना ही पड़ेगा। खाली हाथ मैं आपको यहाँ से जाने नहीं दूँगा। आज सबेरे हमारे साथ कुछ अजीब बात हो गई है, एक आदमी से मैं रुपया माँगने गया था...खैर, उन बातों की आपको जरूरत नहीं। जो हो, आज से मैंने प्रतिज्ञा की है कि किसी का बाकी अपने सिर पर नहीं रखूँगा। आप लोटा ले लीजिए। अबकी आइएगा तो आपको रुपया ही दे सकूँगा। पर आज तो आपको यही लेना पड़ेगा। लोटा अच्छा है।''

डॉक्टर ने फिर उसी भाव से कहा, ''नहीं, इसकी कोई जरूरत नहीं। आप कल हमारे पास खबर देने आइएगा तब रुपया लेते आइएगा।''

उमेश ने गिड़गिड़ाकर कहा, ''नहीं डॉक्टर साहब, मुझे ऋणी न बनाइए। लोटा मैं आपकी मोटर पर रखे देता हूँ।''

और डॉक्टर के कुछ कहने से पहले ही वह बाहर दौड़ गया और मोटर की सीट के नीचे लोटा रख दिया। डॉक्टर भी बाहर निकले। बात को तूल देना उन्हें अच्छा नहीं लगा। मोटर पर बैठते हुए बोले, ''जैसा हो, कल हमें खबर दीजिएगा। दवा ठीक से कराइएगा।''

उमेश ने कहा, ''हाँ डॉक्टर साहब, दवा तो जरूर ही करानी है। भला, इतना कमाकर, गवर्नमेंट सर्वेंट होकर भी अपनी स्त्री की दवा न करा सकूँ तो भला और क्या करूँगा। आप इत्मीनान रखें। दवा बड़े मजे में चला करेगी। अब दो ही तीन घंटे में हमारा रुपया लेकर सूबा खाँ आ रहा होगा। फिर कोई संकट न रहेगा। अच्छा, प्रणाम!''

डॉक्टर की गाड़ी स्टार्ट हुई और चलने लगी। जाते-जाते डॉक्टर ने देखा कि उमेश बड़े गौरव के साथ अपने घर के भीतर जा रहा है।

भीतर श्री खड़ी-खड़ी रो रही थी। उमेश जाते-जाते उससे कहने लगा, ''तू भी अजीब लड़की है श्री। भला रोते भी हैं कहीं। भगवान सबके धीरज की परीक्षा लेते हैं। घबराना नहीं चाहिए। जबतक तेरा बाप जिन्दा है तबतक तुझे फिक्र क्या है। तू जरा भी फिक्र न कर। मैं सारा इन्तजाम किये देता हूँ। किसी-न-किसी तरह तेरी माँ को अच्छा तो करना ही होगा। इसके लिए मैं बहुत हूँ। अभी तो केवल पेन्सिलीन खरीदनी है और किसी डॉक्टर को ले आना है। अच्छी बात है, यह भी हो जाएगा।...हाँ, वो तेरे कान में जो इयरिंग है वह सोने का है क्या? उसे दे डाल मुझे। आज काम आ जाएगा।''

श्री आश्चर्यचकित होकर अपने पिता की ओर देखने लगी। अपने पिता की बातचीत और व्यवहार पर उसे बहुत ही आश्चर्य हो रहा था। उसकी आँखों में आँसू भरे हुए थे।

बोलता-बोलता सहसा उमेश चुप हो गया। सँभलकर उसने कहा, "अरे हाँ, मैं भी भला कैसा उजबक हूँ जो इस इयरिंग को सोने का समझने लगा। भला, सोने की चीज हमारे घर में कहाँ से आ सकती है। मगर इसकी बनावट और चमक देखकर इसे सोना ही समझना पड़ता है।...अरे हाँ, अब पेन्सिलीन लाना है न। वक्त बरबाद करने से तो फायदा नहीं। तो मैं चलूँ फिर। जरा इनकी फिक्र करना। उधर से लौटकर मैं सब ठीक कर दूँगा।

इतना कहकर वह श्री के कुछ बोल सकने के पहले ही निकलकर घर से बाहर हो गया।

उमेश को यह याद भी न था कि उसने आज खाना नहीं खाया है। वह बहुत ही व्यस्त होकर एलोपैथिक दवाखानों में घूम रहा था और हर जगह पेन्सिलीन का भाव दरियाफ्त कर रहा था। दाम सुनने के बाद वह कहता कि अच्छी बात है; माल आप रखें, मैं थोड़ी देर बाद रुपया लेकर आता हूँ, फिर दवा ले जाऊँगा। कई बार वह सूबा खाँ के घर की ओर भी गया, पर उससे मुलाकात नहीं हो सकी। हो सकता है कि वह घर पर नहीं था। यदि घर पर ही हो, तब भी उसे पुकारने की हिम्मत नहीं हुई। मौका पाकर वह उस ओर जाता था और योंही लौट आता था।

सायंकाल को जब वह घर पहुँचा तब वह बहुत थका हुआ था। उसका लड़का इस समय अपनी माँ की परिचर्या कर रहा था। उसने पिता को आते देखा; मगर कुछ कहा नहीं। उमेश आप ही बोल पड़ा, "आज पेन्सिलीन का बन्दोबस्त नहीं हो सका; लेकिन कल तो पेन्सिलीन की सुई दिलवा ही देनी है, वर्ना बीमारी बढ़ जा सकती है। मगर चौबीस घंटे के अन्दर कोई खास अन्तर नहीं पड़ सकता। क्यों हरीश?"

लड़के का नाम था हरिश्चन्द्र। इसके चेहरे पर माँ की बीमारी से हवाइयाँ उड़ रही थीं। उसने कहा, "आप समझते नहीं। अम्मा की बीमारी सख्त है। पेन्सिलीन का बन्दोबस्त तो आज ही कर दिया होता।"

हरिश्चन्द्र के स्वर में एक तीखापन था, एक कटुता थी। वह परिस्थितियों से परिचित नहीं था। उमेश ने लज्जित-सा होकर जवाब दिया, "समझता तो मैं सब कुछ हूँ, पर इन्तजाम न कर सका। मगर हर्ज क्या है? एक दिन में कौन बात बिगड़ी जाती है? कोई हर्ज नहीं होगा। जैसे आज, वैसे कल।"

और इस तरह वह हरिश्चन्द्र को सान्त्वना देने के बहाने अपने मन को सान्त्वना देने लगा। वह अपने मन में सोच रहा था कि हरीश अगर हाँ कह दे तो जरा साहस मिले, पर हरीश उस स्थिति में था ही नहीं कि अपने पिता के मनोभावों को समझ सके।

रात के समय उमेश ने घर के सभी लोगों को साहस दिलाया। बोला, ''कोई परवाह नहीं। तुमलोग रात भर आराम से सोते रहो। मैं जागकर परिचर्या करता रहूँगा। तुमलोग आराम से सोते रहो। फिर कल तो पेन्सिलीन की सुई पड़ ही जाएगी।''

रात को दस बजे के बाद से सत्यभामा का कष्ट बहुत ही बढ़ गया। उसके शरीर में दर्द के साथ बेतरह अकड़न होने लगी। खाँसते-खाँसते उसका प्राण निकलने-सा हो जाता। खाँसने के बाद जो बलगम निकलता था वह ऐसा मालूम होता था कि जैसे बलगम में लाल रंग का मुर्चा लग गया हो। वह सारी रात जागती रही, सारी रात बेचैन रही। पर तीन बजे शिथिल होकर सो गई। उस समय भी उसकी साँस बड़ी तेज चल रही थी। छाती के भीतर से ऐसी आवाज आ रही थी, मानों उसके अन्दर बैठकर कोई गुर्रा रहा हो। उमेश सारी रात जागता रहा, सारी रात सत्यभामा को हिम्मत देता रहा।

प्रात:काल जब श्री दबे पाँव कमरे में आई तो उमेश ने फुस-फुसाकर कहा, ''चुप रहो, सो रही हैं। रात को कुछ आराम मिला है। अब बीमारी रास्ते पर आ रही है। बहुत जल्दी ही ठीक हो जाएँगी।''

श्री चुपचाप खड़ी रही। वह गौर से अपनी सोती हुई माँ की ओर देख रही थी। उमेश ने कहा, ''मैं सारी रात जागता रहा हूँ। अब कुछ देर तुम यहीं बैठो। मैं जरा इधर-उधर से हो आता हूँ।''

यह कहकर वह बाहर निकल गया। वह सीधे सूबा खाँ के घर की ओर जा रहा था। सूबा खाँ के सिवा इस समय उसका कोई आधार नहीं मालूम होता था। यद्यपि वह जानता था कि वह आदमी इनकार कर चुका है, रुपया देगा नहीं। पर आखिर वह करता ही क्या। वह फिर भी उसी के पास जा रहा था। सबेरे-सबेरे उसके पास जाकर अपना दुखड़ा रोएगा। शायद पत्थर भी पिघल ही जाए।

4

पर, पत्थर नहीं पिघला। सत्यभामा का रोग बढ़ता ही गया। तीन-चार दिनों के बाद उमेश अपने उसी डॉक्टर के यहाँ गया हुआ था और गिड़गिड़ा रहा था, ''डॉक्टर साहब, मेरी स्त्री की हालत तो अब बहुत खराब मालूम हो रही है। अब उसे खाँसने की शक्ति भी नहीं रह गई है। साँस से बेतरह बदबू निकलती है, उसके पास बैठा भी नहीं जाता। खाँसती है तो उससे बलगम के बदले पीब निकलती है।''

डॉक्टर ने चौंककर पूछा, ''पेन्सिलीन पड़ा था?''

उमेश ने कहा, ''डॉक्टर साहब, आपके जाने के बाद उसकी हालत अच्छी थी। रोग आप-ही-आप घट रहा था। इसी से मैंने सोचा कि पेन्सिलीन देकर क्या होगा। यह तो आप ही अच्छी हो रही है।''

उमेश की बात सुनकर डॉक्टर सिहर उठा। उसके मुँह से निकला, ''आपने यह क्या किया?''

उमेश ने कातर होकर पूछा, ''वह बच तो जाएगी न?''

डॉक्टर ने निराश होकर कहा, ''बिना रोगी को देखे कैसे कहा जा सकता है। शायद जी जाए। कौन कह सकता है। पर, आपको दवा बराबर देनी चाहिए थी। अब तो उपाय नहीं मालूम होता।''

उमेश ने गिड़गिड़ाते हुए कहा, ''आज आप कोई दवा उसके लिए लिख दें। वह दवा मैं उसे जरूर दूँगा। सुनते हैं डॉक्टर साहब! इस समय मेरी मदद आप जरूर करें।''

डॉक्टर ने विरक्त होकर एक कागज का पुर्जा निकाला और उस पर एक प्रिसक्रिप्शन लिखकर दे दिया। बोला, ''आज अभी आप किसी डॉक्टर से इस चीज की सुई दिलवा दें। फिर जैसा नजर आवे, शाम तक मुझे सूचना दें। तब उसके बाद मैं रोगियों को देखकर ही कुछ कह सकूँगा।''

अपने हाथ में प्रिसक्रिप्शन लेकर उमेश संकुचित-लज्जित कुछ देर खड़ा रहा। फिर उसने बड़े विनीत भाव से अपनी जेब का फाउंटेनपेन निकालकर डॉक्टर के सामने टेबिल पर रख दिया। बोला, ''डॉक्टर साहब, आप घर पर चार रुपया फीस लेते हैं। यह फाउंटेनपेन मैंने बारह रुपयों में खरीदा था। आप इसे रख लें।''

अपने सामने फाउंटेनपेन देखते ही डॉक्टर क्रोध से चिल्ला उठा, ''तुम अभी हमारे सामने से निकल जाओ। अपनी स्त्री को तो तुमने घुला-घुलाकर मार डाला, और, मेरे सामने कलम लेते आए हो। जाओ यहाँ से। अपनी कलम लेते जाओ। इसी कलम को बेचकर अपनी स्त्री की दवा कराओ। मुझे तुम्हारी कलम नहीं चाहिए। इससे तुम दवा खरीद लेना।''

उमेश नितान्त लज्जित होकर बोला, ''डॉक्टर साहब, इस फाउन्टेनपेन को बेचने से इतना नहीं मिल सकता कि उससे दवा खरीदी जा सके।''

डॉक्टर ने चिल्ला कर कहा, ''तुम जाओ यहाँ से।''

और उमेश वहाँ से निःशब्द निकलकर चला गया। उसे हो रहा था, कि जब मेरा व्यवहार सभ्य था तब डॉक्टर को असभ्योचित व्यवहार नहीं करना चाहिए था।

थोड़ी देर बाद वह डॉक्टर के प्रिसक्रिप्शन को दवाखानों में दिखलाकर उसका दाम पूछ रहा था। जगह-जगह दाम पूछकर जब वह थक गया तब घर चला गया। घर पहुँचकर उसने देखा कि श्री चुपचाप अपनी माँ की सेवा कर रही है। वह भी वहाँ चुपचाप पहुँच कर माथा नवाकर बैठ गया। उसे श्री से कुछ पूछते हुए भी भय मालूम हो रहा था।

लेकिन तनिक देर के बाद ही वह सँभल गया और श्री को दिलासा देता हुआ कहने लगा, ''बेटी, मैं देख रहा हूँ कि इनकी हालत पहले से अच्छी होती जा रही

है। जिस दिन पहले-पहल बुखार आया था उस दिन तुमने देखा था न; एक सौ सात डिग्री बुखार था। अब तो उतना नहीं। पहले खाँसी भी बहुत थी। अब खाँसी भी कम आती है। मेरा ख्याल है कि चार-पाँच दिनों में बिल्कुल ठीक हो जाएँगी। मैंने एक-से-एक रोगियों को कठिन बीमारियों से उठते हुए देखा है। एक पंचानन बाबू थे। उनकी माँ मर गई थी। जब लोग लाश उठाने के लिए आ गए तो बस भगवान की दया से उसका प्राण पलट आया। वह उठ बैठी और पानी माँगने लगी। बुखार था सो भी छूट गया। उसके बाद वह फिर पाँच साल और जिन्दा रही। तो यह सब भगवान की मर्जी है। जो तकदीर में लिखा होता है वही होता है। चाहे सिर पटक दो या जान ही क्यों न दे दो, लेकिन भाग्य का लिखा मिट नहीं सकता। अपना ही किस्सा लो। आज इतने दिनों से पेन्सिलीन खोज रहा हूँ, मगर मिल नहीं रहा है।''

श्री ने अपने पिता की बातों का कोई जवाब नहीं दिया। उमेश कहता गया और श्री चुपचाप सिर झुकाये सुनती रही।

उस दिन की रात बड़ी भयानक मालूम हो रही थी। सत्यभामा को बहुत ही कष्ट था। उसका बेताब होना और छटपटाना नहीं देखा जाता था। नाड़ी एकदम क्षीण हो गई थी। साँस घरघराती हुई निकलती थी। ऐसा लग रहा था, जैसे सन्नाटे की उस आधी रात में उस घरघराहट के रूप में मौत बोल रही हो, गुरगुरा रही हो। उमेश चुपचाप निष्पन्द उसके पास बैठा था। साँस भी उसकी बड़ी तेजी से चल रही थी। वह आँख खोलती, अपने पति को कातर दृष्टि से देखती; बोलना चाहती, पर बोल नहीं पाती। उमेश उसकी चेष्टाओं को देखता और घबराकर कहता—चिन्ता की बात नहीं, तुम अच्छी हो जाओगी। कल सबेरे तक तुम्हारा रोग दूर हो जाएगा।

एक बार सत्यभामा ने आँखें खोलीं, उसी प्रकार कातर दृष्टि से अपने पति की ओर देखा और बड़े कष्ट से पानी माँगा। उमेश ने उसे पानी पिलाया। और, तब वह बहुत ही कातर होकर रो उठी और धीरे से बोली, ''प्राणधन, बहुत कष्ट है। मैं जीना नहीं चाहती। मुझे इस कष्ट से छुड़ा दो।''

उसकी आवाज में लड़खड़ाहट थी, असहनीय कातरता थी। बोल कर वह सहसा चुप हो गई। उसकी आँखें बन्द हो चुकी थीं और गले की घरघराहट बढ़ गई थी। कष्ट से छुड़ाओ! उमेश को ऐसा लगा कि सारी पृथ्वी और सारा आकाश चिल्ला-चिल्लाकर उससे कह रहा है कि सत्यभामा को इस भयानक कष्ट से छुड़ा दो। सहसा उसकी आँखें चमक उठीं। उसने दृढ़ कंठ से कहा, ''प्राणप्यारी, मैं तुम्हें इस कष्ट से छुड़ा रहा हूँ। जरा हिम्मत रखना। वह कष्ट तुरंत चला जाएगा।''

और उसकी दोनों हथेलियाँ सत्यभामा के गले से लिपट गईं। सत्यभामा ने अपनी आँखें खोलीं। उन आँखों में प्रश्न था। उन आँखों के बीच आश्चर्य का पानी झलझला रहा था। उमेश ने कहा, ''प्यारी, जरा साहस से काम लेना। यह कष्ट दूर हो रहा है। बहुत जल्द तुम हल्की हो जाओगी।''

फिर उसकी हथेलियों की लिपटन सत्यभामा के गले में कस गई। सत्यभामा एक बार छटपटाई। उसने अपनी आँखें खोलकर देखा। उसका पति उसके ऊपर झुका हुआ था और उसकी हथेलियाँ सँड़सी की तरह उसके गले से कसी जा रही थीं। उसने चिल्लाने का प्रयास किया, पर छटपटाती रही। उमेश उससे कहे जा रहा था, ''बस, जरा-भी हिम्मत की जरूरत है। तुम संसार के दुःखों से छूटी जा रही हो। फिक्र मत करो। यह कष्ट असहनीय है। इस कष्ट से छूटना ही होगा।...

रोगिणी सत्यभामा शीघ्र ही अपने कष्टों से मुक्ति पा गई।

तनिक देर बाद उमेश आश्चर्य और कुतूहल से उसके मृत शरीर को देख रहा था। कितनी आसानी से दुःख और कष्टों से मुक्ति मिल सकती है? उमेश का जी होता कि वह ठठाकर हँस उठे; पर उसे यह भी याद आ रहा था कि पास के कमरों में श्री और हरीश सो रहे हैं। हँसूँगा तो वे जाग जाएँगे।

5

दूसरे दिन सबेरे उमेश अपने हाथ में एक बहुत तेज छुरा लिए हुए घूम रहा था। वह दुःख और कष्टों से मुक्ति का उपाय जानता है। दुनिया के लोग कष्ट से कराह रहे हैं। वह सबको मुक्ति देगा। सबको वह कष्ट से छुड़ा देगा। जो भी उसके सामने आता उसकी ओर वह छुरा तानकर हमला करता। लोग भागते। हल्ला होता। भीड़ लग जाती।

पुलिसवाले जब आए तब वह उन्हें कष्टों से छुड़ाने के लिए लपका। पर उसके हाथ में हथकड़ियाँ डाल दी गईं। पुलिस इन्सपेक्टर ने कहा, ''तुम बहुत थक गए हो। चलो, हम तुम्हें अच्छी जगह पहुँचा देते हैं। वहाँ हम तुम्हें अच्छी इमारत के अन्दर रखेंगे। सभी तरह की सुविधा होगी। दोनों शाम डॉक्टर तुम्हें देखा करेगा!''

कई दिनों तक हाजत में रखने के बाद वह पागलखाने में भेज दिया गया, जिसकी इमारत अच्छी और खूबसूरत थी। वहाँ डॉक्टर रोज दोनों शाम आकर उमेश को देखा करता था।

✪✪✪